KB037732

시간의 길

김 유 金裕 (본명 김영한)

경기 파주 출생
한양대 경영대학원 졸업 (보험경영학 석사)
중앙대 예술대학원 문예창작전문가과정 수료
문예춘추로 등단, 문예춘추문인협회 회원
『시인부락』『당신이 꿈꾸는 동안』 동인으로 활동
시집으로 『귀뚜라미망치』가 있음
2019년 경기문화재단 문예진흥기금 받음
E-mail : 〈김영한〉 young-h-k1@hanmail.net

시간의 길

지은이 · 김 유
펴낸이 · 유재영
펴낸곳 · 주식회사 동학사

1판 1쇄 · 2019년 5월 30일
출판등록 · 1987년 11월 27일 제10-149

주소 · 04083 서울 마포구 토정로53 (합정동)
전화 · 324-6130, 324-6131 | 팩스 · 324-6135
E-메일 | dhsbook@hanmail.net
홈페이지 | www.donghaksa.co.kr
　　　　　www.green-home.co.kr

ⓒ 김 유, 2019

ISBN 978-89-7190-636-1 03810

※ 이 책은 경기도, 경기문화재단, 한국문화예술위원회의 문예진흥기금을 보조 받아
　발간되었습니다.

시간의 길

김 유 시집

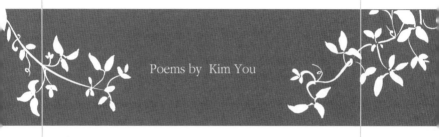

Poems by Kim You

 동학사

■ 시인의 말

오늘이 최고의 미래일까?

부딪는 하루
아직 갈 길이 멀다

잠시
쉼표를 걸어본다

2019년 5월
김 유

시간의 길 김유 시집

01 쉼표 있는,

02 시간의 길

03 시간 머리

01

쉼표 있는,

쉼표 있는,

- 서시

하루를 돌아보니
사색에 잠긴 지구가 있다

하루가 모자라서
하루하루를 빌려 쓴 내가 있다

잠깐 쉬었다 다시
1년을 향해 가는 지구에게
나는 참으로
어리석은 여행을 한다고 말했다

나는 1주일을 한데 모아
1년에게 먼저 도착했으나
좇아올 지구 생각에
또다시 여행을 떠나야만 했다

앞장 설 생각에
쉼표 없는 여행은 갈수록
목적지를 혼란스럽게 만들었다

이따금 뒤도 돌아보며
느낌표라도 아니면 물음표라도
찍어봐야 했었는데
길이만 늘린 여행의 끝은
무늬 없는 자서전일 뿐

나는 시간을 빌려
사글세 살듯 흐지부지한
어리석은 나그네였음을
이제야 알게 되었다

지구에게 부끄러워
마침표를 망설이는
나
이제
쉼표 있는
여행을 꿈꿀 뿐

오래된 이불

바람에도 꼿꼿하던 대꼬챙이가
덜컹 이불에 드러누웠다
수직에서 수평으로

묵은 이불만 찾으며
등짝이 배겨 잠 못 이루는
옹색한 날들이여

어깃장만 놓는 하루에게
새벽까지 붙들려 있다 잠들고
이내 뒤숭숭해지는 새아침은
언제나 끝이 날까

이불을 겹으로 깔고 덮고
수면제까지 나서도 듣지 않는
불면의 날들

꼿꼿한 하루를 구슬려
일순간 뻐근한 일과를 털어버리고서야

물먹은 솜 같던 밤이
이제 홀가분해지고 있다

오래된 이불이 간 뒤
바람은 강렬해지고 잠도 살아나는
수직과 수평만이 남은
단출한 하루들

이제 다시
팽팽히 수평을 다지고
둥글둥글한 수직을 만들어간다

아홉 숨구멍

연근이 수중발레하듯
진흙대롱을 물고 깜박거려요

물방개도 밖을 두리번거리며
파문을 불러
흙탕물을 내고 있어요

아홉 숨구멍은 괜히 있는 게 아니랍니다

물속 응어리 걸러
겉은 검어도 뽀얗고 아삭한 속살
차분히 키워 내지요

연못에서도 누울 수 없어
밤새 숨을 불어주며
바깥세상 나갈 연꽃 길러내지요

연잎 귀띔에 숨죽인 꽃봉오리들
때 맞춰 힘껏 꽃대 미는 연근

답답하던 세상이
연꽃 바람에 숨이 트이지요

늪 같은 진흙에 묶인 몸
뿌리라도 깊게 내려
느긋이
천년을 살
알찬 연밥 만들어가지요

황홀한 절규

1

귓속에 부딪는 요란한 소리들을
애써 외면하는 집중력

허나 달팽이관을 지나
기억의 창고에 쌓이는 소리까지
굳이 거부할 필요가 있을까?

바람처럼 스치는 영감

가늠할 수 없는 공간에
담담히 있는 소리를 만나러
불 끄고 눈 감고
손가락만으로 더듬어가는
어느 가야금 학생의 고군분투

느낌 하나하나를
소리로 온전히 풀어낸다는 것
그건 타고났다기보다

뭉개진 열 손가락의
피눈물이라 할 것이다

어느 누구도 가보지 않은
막다른 밤하늘
소리의 문을 나선 음표들이
신들린 듯
음계를 쏟아내고 있다

미려한 영혼이 된
독보적인 악보는 쌓여가고
또 다른 영혼을 위해
되돌아간 음표들

느낌이 바뀌다보면
원곡은 편곡이라도 하겠지만
음표들은 그대로인
또 다른 영혼을 찾는
열 손가락의 황홀한 절규

2
동반자와 함께
하루를 여는 맹인 안마사

아침부터 눈을 맞춰가며
무슨 할 얘기가 그리 많은지
기찻길을 낯설게 건너가고 있다

하루아침에 눈을 잃고
탄식과 비탄을 넘어
세상을 더듬어가는 중년 여인

부딪히고 넘어지고…

다급한 건널목이 부축해도
수고하라는 의지를 내보이며
세상의 턱을 넘어가고 있다

'하루아침에…'가 된
비운의 악보를 불사를
황홀한 절규

그녀는 지금
대전환 교향곡을 쓰는 중이다

설니홍조 雪泥鴻爪

허공의 바다에 올라보니
가물거리는 의식의 통점痛點

떨어지는 별똥별처럼
한숨만 남은 불씨가
아련한 의식을 부르고 있다

지나가기만 했지
돌아보지 못한 아쉬움에
발자취들마저 사위어가는
한때의 길이었던
지금은 아닌 그 길에
내가 있다

살아날 듯하면서
의식의 끈을 놓아버리는 날들
어떻게 고리를 이어가야 하나?

먼저, 의식들 중
은근한 것만 불러들여
발자취를 캐내 봐야 할 것이다

의식에 불이 붙고
마음을 감싸고 내려와
이승의 중심에 서는 날
인생은 눈 덮인 세상처럼
그렇게
아름답게 여울질 것이다

성글었던 발자취들도
스르르 햇살 앞에 무너지고
얼마 남지 않은 의식마저
기러기 날아간 허공처럼
공허해지는 날

이 세상엔 그림자조차 없는
시원의 공간이 될지라도
나는 결코
뒤를 돌아보지 않을 것이다

저기 푸석해진 비석이
눈 속을 마냥 구르고 있는
이승의
마지막 밤

갓돌

- 연석緣石

갓길로 접어드는 자동차
얼마 못 가 인도에서 그렁대고 있다

경계를 밀어붙인 괴력
브레이크 대신 액셀러레이터가 일을 냈나보다
속도를 놓치고 바퀴에 화풀이하는 핸들
열 받은 엔진이 속을 게우고 있다

날벼락 맞은 토박이 연석은 제 자리를 잃고
몽니가 되어 눈총을 받고 있다

한때는 거리의 기준이다가
차량, 사람에게 거추장스럽게 된 갓돌
덧니처럼 붙박여야 하나? 사라져야 하나?

차도와 인도 사이에 꼭 끼어
짓밟히고도 말 못하는 경계석들
근근이 맷집 하나로 버티고 있다
발자국에 흠집투성이로

싱숭생숭!

볕 쬐는 코스모스와
이별을 준비하는 참새들

바람을 눈치 채고
호로록 잠시 날았다가
다시 와서 입맞춤하는 게
여름을 잘 지낸 모습이다

자라지 않는다고
밤낮 애걸복걸 하질 않나
더워서 비실거리면
날개로 부채질까지 해주던
참새를 못 잊겠다는 듯
빨간 입술 들이대는
여린 네 모습

세상과 마주하다보면 어찌
제들끼리만 살 수 있겠는가?

벌과 나비를 불러야
사랑을 할 수 있고
참새와도 하룻밤 보내야
아름다운 이별을 할 수 있는 건데

싱숭생숭!

입맞춤할 때마다
심술만 더해가는 바람이
이젠 밉상스런
을씨년스런
늦가을 오후

허물

입추 소리에 슬며시
설쳤던 밤잠을 재우는 여름
매미들까지 기가 꺾였다

환절換節은
속살을 드러내 영글어 가고
다음 생을 위해
막다른 창에서 버둥대던
매미들의 공적은 스러지고
허물만 나뒹굴게 된 것이다

이생에 흠집 없는 게 있을까?

생이란 본디
세상을 깨고 나와야 하는
흠결이 없을 수 없는
허울 좋은 허물로 비롯되어
흠결 자체로 끝이 나는 것

칠 년여 땅속에서의
인고의 삶은 어디로 가고
누가 누구의
공과功過를 들춰본단 말인가?

제 소리는 바람결에 내주고
바스락거리는
부스러기로 끝난 한 생

이생의 끝은
허울 좋은 허물뿐

김에

세상을 살다보면
얼떨결에 가뿐해질 때가 있지

일을 보러 가다가
일을 하다가
일을 보고 오다가

'다가'라는 잠깐에
다음에 '꼭!' 하던 꼭이 생각나면
나는 '맞아!' 하며
일을 내고야 말았었지

그런데 세상을 사는 맛은
'다가'보다 '김에'에
더 있는 거 같지 않아?

'다가' 이전에는
구름 낀 하늘 같다
'김에' 뒤에는

잠깐 볕 든 느낌 같은 거

그래서 나는
세상을 살아가다
살아가는 김에
어떤 일 낼 궁리를 하는
내친 김에 묻어가고픈
그런 생각을 할 때가 있어

그렇지만 목표를 눈앞에 두고
순서가 뒤바뀌어
혼쭐 난 시간도 꽤 있었지

홧김에 대출 받았다
깡통주택으로 혼났던 그런 거 말이야

그러니까, '다가'와 '김에' 사이에는
보이지 않는 깊은 수렁이 있다는 걸 알고

누가 뭐래도

'…하다가' 다음에 '…하는 김에'로

순리대로 살아가야 해

신공무도하가

임이여 건너지 마오
그냥 편히 살자 해도
노후대책 저울질한 희끗한 남자

그대 그예 건너다가
퇴직금과 맞바꾼 목 좋은 상가
가라앉는 경기로 이상기류에 휘말렸다

물에 쓸려 돌아가시니
연체이자에 내몰린 경매
헐값에 사라진 작은 바람
떠돌던 별 하나 강물에 떨어졌다

임을 어찌 하리오
'구절초처럼 왔다 홀연히 진 당신, 우리 다시 만나요'
아슬아슬한 발걸음 붙드는 생명의 다리 마포대교,
'바로 저 강물처럼 모든 순간은 흘러갈 거예요,
당신에겐 마침표가 아니라 쉼표가 필요할 뿐이에요' *

---

* 한강 마포대교 난간에 적혀있는 자살방지 문구임.

들러리

해맑은 얼굴을 묻고
봄날을 펼쳐 보이려던 한때
풍경으로 들어가는 게
마냥 쑥스럽기만 하였는데

머뭇거리다 떠밀려 나온
바람 가득한 날
하야말간 몸은 땅 붙들고
그렁그렁 앓는 게 전부였었지

비 한 방울에도 움찔하는
가냘픈 몸이지만 그런대로
내 핏줄을 꼭 간직했던 밭아기
누가 뭐래도
또릿또릿한 묘목으로
흔들림 없이 자라났었지

햇살과 비와 바람을 모아
처음 꽃 피우던 날

내 몸엔 내가 아닌 듯한
또 다른 내가 돋아나고 있었지

풍경으로 나갈 때마다 끼어드는
한 몸에 두 얼굴들

중심은 빼앗기고
가장자리에서 가뭇없이 피어나
허우대만 멀쑥한 가짜 꽃이여!

어찌 영혼 없이 봄날만 채우는
변두리로 살고 있는가?

벌은 먼저 불러놓고
열매는 맺지 못하는 슬픈 꽃!
라너스 덜꿩나무*를 느지막이
빈손으로
내가 걸어 나오는

---

* 4~5월에 흰 꽃이 피는 인동과 식물로 자잘한 꽃이 원래 꽃이고 끝에 큰 꽃
  은 장식화(가상화)임.

끝자락

지나가는 여름을
뚫어지게 보는 부용화芙蓉花
도드라진 길 따라가는
천상의 발걸음이 무겁기만 하다

꽃 피우고 난 영광의 상처들
누가 세상에 순서란 걸 만들었을까?
그를 딛고 일어서야 하는 다음이란 걸

생장에 지쳐 눕고 싶지만
멈추지 않는 산욕이
계속 배를 부르게 하고 있다

한 마디 늘려 꽃배 하나 만들면
또 한 마디 슬그머니 뒤따라 나오더니
이젠 헛배만 불러오는
8월의 끝자락
마지막 남은 봉오리들이
계절을 점멸하고 있다

낮엔 멀쩡하다가도 어둑해지면
여름 밑동까지 빨아대는
그러다 발그스름해지는 부용

가을 앞에
어수선한 네 모습
아직 그대로

인연의 늪

나를 잊지 말라는 듯
왼쪽 팔꿈치 곁에 물혹 하나
심어놓고 간 올여름

달아오르는 여름에서 밀려난 어느 사마귀의 어미가 잠깐
맡기고 가더니 여름이 다가도록 나타나지 않아 아예 눌러앉
은 겨우살이 같은 인연 비틀어 잡아당기며 잠깐의 연을 끊
고자 했으나 찬바람이 온 뒤로는 늦호박처럼 토실토실 내
팔등에서 자라고 있다

진저리치던 올해 나는 잊고 싶었으나 너와의 만남으로 이
젠 잊을 수 없는 해가 되었으니 세상사는 알 수 없는 것 그
러니 조그만 일도 함부로 다루지 말라는 것 서리라도 내리
기 전에 나는 사마귀에게 살이라도 한 꺼풀 입혀야 할까보
다 겨우내 죽어지낼 모진 목숨을 잘 간수했다가 봄이 오면
훨훨 제 세상으로 날아가도록 품안이 돼줘야겠다

하루가 다르게 어두워지는
세상의 빛깔

내 몸도 서서히 식어가고
발뒤꿈치부터 저려오는
시월의 마지막 밤

추락의 끝에서
나는 두꺼운 양말을 껴 신고
겨울잠 못 들고 칭얼대는
너를 껴안고

인연의 늪에
깊이 빠져들었다

예전에도 그랬듯이

죽순처럼 나온 비비추가
사나흘 사이에 말아 쥐고 있던
출생증명서를 펴 보이는 대견함

모종으로 온 지 삼사 년 만에
제법 줄기가 굵직하니
모처럼 화단이 살아나고 있다

뒤따라 나온 자잘한 새싹들은
옹기종기 모여앉아
자리 잡을 눈치만 보고 있다

건너 동네에선
화단이 황토를 복토하고
같이 살 가족을 찾고 있다

며칠간 기웃대던 손이
어린 것들은 그냥 놔두고
실한 놈들만 솎아내

슬쩍 데리고 가는 것이다

이제 자리 잡을 만하니
떠돌던 꽃 욕심에게
아기자기했던 날을 다 빼앗기고
쑥대밭이 되었는데

이 빠진 모종삽이
'꽃은 키우는 재미지 뭐!' 하며

예전에도 그랬듯이

텅 빈 가슴에 다시
남은 새싹을 옮겨 심고 있다

선뜻 나서지 못하는

낙숫물에 휩쓸려 여름내 헤어나지 못하던 굽이진 강 초입에도 어김없이 겨울이 왔다 학교 때 신발도 뒤축이 그런대로 붙어 있는데 사시사철 빨빨대던 구두는 벌써 삭아 떨어지고 이제 남은 건 멀리 못 가는 맨발뿐

못자리하던 어느 4월 끓는 피가 싸늘해질 때마다 논배미에서 철벅대며 버텨내던 배짱은 어디로 갔는지 찬바람 살랑대는 소리에 발뒤꿈치가 움츠러들고부터는 동네나 빙빙 돌며 시간 보내느라 애를 먹고 눈에라도 며칠 갇히면 '어서 떠나야지' 하면서도 선뜻 나서지 못한 말끝 흐린 올 겨울

강바람 등진 느릅나무 가족들이 계절 모르는 허공에 대고 푸념만 늘어놓는데 건넛산 나무들은 파릇해지는 하늘만 보며 연신 기지개를 펴고 있다 강가에서는 뿌리만 남고 가지만이라도 어서 봄으로 가자 하지만 선뜻 나서지 못하는 그럴 수 없다면 겨우내 땅기운으로라도 바로 서야 할 강마을 뿌리의 끊이질 않는 걱정거리 올해도 봄은 멀고 내 발꿈치는 이리도 뼛속까지 저리고 저린 것이다

잔빙 殘氷

캄캄했던 세상이 제 색깔을 찾으려나?

뿌연 하늘이 파르스름하게 열리고
웅크렸던 실버들이 금빛 연두를 뿜어대자
물감이 풀리듯 뭍과 물이 희미하니
배경으로 밀려나고 있다

나직하니 온, 봄의 입김을 거절하지 못하면
서둘러 나갈 수밖에 없어
밖이 궁금한 새싹들이
새침하게 나서 보았지만
번번이 시샘들에게 짓눌려 있는 시간

한때 세상을 걸어 잠그고
눈을 부라리던 얼음도
쪼아대는 봄의 부리에
밑 빠진 독이 되어 가는데
달랑 얼음 한 쪽으로 미적거리는
알량한 겨울 꼬랑지

굴절된 삶

굴절이란 직진의 한 방편

날선 절벽에서도
평정된 심신의 각角으로
진로를 움직여 볼 일이다

학창시절의 좌절을
만학으로 살려낸 시각차
미동微動은 초라해도
굴복이 아닌 굴절의 시각에서
의지를 접었다 폈다
파동을 이끌어간다면
그 값은 보다 커질 것이다

세상의 풍경만 뒤따르다
못다 이룬 꽃봉오리들
기류를 벗어나
네 뜻대로 살아냈다면 하는
아쉬운 날들이 여기 있다

직진에 숨겨진 굴절의 값

그건 몸과 마음을 다잡아
내친 김에 끝장을 봐야 할
가깝고도 먼 길이었을 것이다

직진만 알던 삶들
열차가 평행선에서 굴절을 이어가듯
이제
굽은 길을 접었다 폈다
에돌아가고 있다

샛강다리[*]

생태공원 돌아보며 바람의 손짓 따라 흔들리는 샛강다리

가속으로 맞받는 비바람에 다리가 움찔하고
속도가 속도를 덮치고 사라져 버린다
끊임없이 단서를 뒤적이는 회오리바람
달아난 속도의 꼬리마저 놓쳐 버린다

속도의 배설물이나 받아먹는 묶인 몸
밤낮 없는 매연에 침침해진 눈
귀도 경적소리에 환청을 앓는다
바퀴 뜸한 날도 쉴 수 없는 관절이 통증을 호소하고
끊임없는 빛 축제로 불면증에 시달린다

수많은 속도를 전송하고도
샛강에 고정된 버드나룻길 하늘다리
조명탑이 아등바등 다리에 매달려 있다

---

* 여의도 생태공원을 가로지르는 친환경 보행전용 다리로 2011년 국제공공
  디자인 대상을 받음.

원만한 사진 찍기
- 누워서 하늘 보는 카메라를 여럿이 어깨동무하고 지켜보면서

오동통한 얼굴로
뚫어지게 들여다보는 눈빛

할 말은 많은데
아끼는 말만 가득한 입

뒷일은 모르고
앞일에만 파묻히는 머릿결

얼마를 가야 할까?
가늠할 수 없는 생각들

사체와 피사체
서로를 둥근 세계에 가둬놓고

원만이 좋아
언제나 김치 하는
찰진 한 컷

홍자단[*] 紅紫檀

나는 비록 연분홍 꽃으로
이 세상을 만나게 되었지만
겨울을 머금은 땅기운과
한여름 땡볕에서 독하게 자라났어요

열매를 봐요 탱글탱글하니
찔러도 피 한 방울 나지 않겠지요?
그러니 흔해 빠진 열매라고 얕보진 마세요

가지를 따라 매달린 빨간 눈망울이
하늘에서 막 내려온
금강초롱 같지 않나요?
나는 순수함 그 자체예요

어쩜 이슬을 맞아가며
밤바다를 비추는 오징어잡이 배의
집어등 같지 않나요?

---

* 키 1미터 정도의 장미과 낙엽 활엽 관목으로 8~9월에 자색 열매가 많이
  열림.

나는 신기하게 남의 눈에 띄는
매력이 있나 봐요

더군다나 연말 홍등가의
흐느적대는 빨간 풍선은 어떨까요?
분위기 잡는 데는 그만이잖아요

그리고 진짜는
소복소복 눈이 내리기라도 하면
꼬마 트리가 되어
세상을 훤히 밝혀주고픈 바람이 있지요

나는 순수하고 매력 있고 희망의 빛을 품은
작지만 커다란 그런
'사랑의 열매'가 꼭 될 거예요

여전히 난해한

물이 말없이 흐른다고
생각이 없는 게 아니다
나지막이 세상에 귀 기울여
좀 더 나눠주려 할 뿐

바람이 저기압을 좋아한다고
생각이 없는 게 아니다
쉼 없이 세상을 바람몰이해
길들이려 할 뿐

아무리 생각이 물 흐르듯 해도
세상은 회오리가 그치질 아니하니
막다른 골목이나 절벽에서
꽃 한 송이 또 피워내려면
때론 바람도 거슬러 봐야 하는 것이다

거치대에 발 묶인 자전거가
바람을 넣어야 달릴 생각을 하듯
한갓 고독이라도 절절해 봐야

언젠가 번뜩이는 시상 하나
건질 수 있다는 것이다

정년의 뒤안길에서
가시덤불을 헤치고 내밀어 본
첫 시집 뒤의 허탈함
비바람을 몰고 다니며
온갖 문장들로 난무한 허공이
나에겐 여전히 난해하다

소음의 사육

채워지지 않는 오만과 독기
세상에 타협이란 모르는 막무가내가
삐걱대는 관절을 조이고 대기 중이다

야음을 틈타 치고 빠지는 육중한 무리들
깊은 잠에 빠진 콘크리트 숲을
닥치는 대로 들이받고 물어뜯는
공포의 도가니가 밤하늘을 가른다

하늘과 땅을 우직하게 받쳐주던
철근 콘크리트들의 마지막 절규로
꿈을 키우던 도심은
오늘도 아비규환
소음의 사육장으로 빠져든다

파괴와 창조를 먹고
소음 속에 피어나는 또 다른 소음들
도심 재개발은 덩치를 키우며
오늘도 거침없이
소음을 사육하고 있다

첫 출하

짚으로 동여매 애지중지 키운 배추가
밭을 떠나가려 합니다

세상에 내보내는 설렘보다
조마조마한 마음이 앞서
밤새 다듬고 단단히 타일러
차에 태워 보냈습니다

시장에서 얼마나 시달려야 할는지
엎어지고 뒹굴 때마다
얼른 한 꺼풀씩 벗고 다소곳해야
배추 노릇을 할 텐데
산지직송이라도 하면 괜한 고생 안 시킬 텐데
연緣 줄 하나 없이 녹록치 않은 첫 농사

속상한 밭이 시래기나 되면 어쩌나
밤새 뒤척거리고
남은 배추들은 무서리를 뒤집어쓴 채
하얗게 자지러진 귀농 마을

02

시간의 길

시간의 길

시간을 되돌려 그리로 가요
한참을 가다 보면
나 같지 않은 나의 멈춰 있는
시간이 나올 거예요

훤히 들여다보이는 생각
투명한 머리로 지내온
시간들만이 가득한 곳으로

어느 날 강변에서
이마에 주름도 못 편 채
잘 여문 명아주 하나 꺾어 짚고
시간을 지나간 적이 있을 거예요

지팡이 마디마다
좋아하는 시구詩句를 새겨가며
추억 속으로 역주행하던

그러다보면 거기 어디쯤
시간에 붙잡혀 있는 사연들이
줄 서서 기다리고 있을지
누가 알아요?

너무나 반가운 나머지
설렁설렁 지나치더라도
서운타는 말은 말아줘요

모두가 지금의 내가 아니라도
한때는 나의 참모습이었기에
잠깐 본 것만으로도
우리의 추억은 살아나지 않겠어요?

실은 나는 지금
추억의 길가에 혹시라도
지금의 나와 비슷한
지팡이가 나와 있을까 해서
두리번거리고 있는 중이예요

늦었지만
잘 다듬은 세월을
공손하게 건네고픈 마음이
오래 전부터 있었거든요

헤어진 뒤의 일을
지팡이에 삼삼하게 적어놓았으니
두고두고 살펴주세요

그럼
언제일지 모를
다시 만날 때까지

남겨진 고리

소복소복 오시는
천상의 소릴 들으셨나?

파르르 떨리는 입술

중환자실에서
나비침을 주는 시간에게
'고마워요'
'그럼 갈게요'
애달픈 팔찌 하나
눈빛으로 건네고

눈꽃나라로
아득히 떠나셨다는

하지만 지금도 살아있는

연緣이라는
천생의 고리 하나

통표 *

다 떨어진 팔 고리에 전해지던
그 날의 아찔함을 못 잊은 듯
통표가 역구내 시발점을 찾아왔다

단선單線에 의지하며
출발과 도착을 수없이 반복했지만
나의 확실한 주장은
일방통행이었을 뿐

파발마는 전진만을 안다는 것

그렇지만 도착지를 놓고
양쪽에서 마주보고 달린다는 것은
속도가 무덤으로 가는
끔찍한 일

차표 없는 여행은

---

* 통표(通票):단선으로 된 철도구간에서 역장이 열차기관사에게 교부하는 패
찰(통행표)로 코뚜레처럼 생긴 도구로 호주머니에 패를 넣어 도착역에 전달하
였음. 지금은 공사 또는 재해 때만 사용함.

목적지 없는 방황 같은 것

시간에 쫓기는 열차가
코뚜레 풀린 망아지처럼
앞바퀴 속도를 높이자
뒷바퀴도 덩달아 철길을 박찬다

바통 없이 이어달리기하는
육상선수처럼
통표 없이 달려가는 열차
레일 위에
시한폭탄이 굴러가고 있다

맞은편에서는
한껏 달아오른 관광열차가
고갯마루를 돌아내려오는데
오르막길에서 화물열차가
그렁대며 스위치백*을 하고 있다

---

* 열차가 오르막길에서 지그재그로 고도를 높여 넘어가는 운행 방식임.

하늘이 보살폈나
마이너스로 급가속한 후진으로
내리막과 오르막의 운명은
서로를 피해갔으나

깜빡한 운행허가증
쓸모없게 된 통표는
그날로 목을 매고 말았다

눈사태에 갇혔던 하행선
홍수에 떠내려갔던 상행선
충돌을 피했던 아슬아슬한 운행 기록이
땀과 피눈물로 얼룩져 있다

마지막까지 같이했던
'안전제일' 표어가 희미하니
패찰牌札 속에 살아있다

굴레

왜소하지만 맑고 은은한 향으로
수더분하게 살던 나, 수수꽃다리

북한산 자락에서 미 동북부로 푸른 눈에 이끌려
물설고 낯선 곳에서
억척스레 살아남은 칠십년 세월

이름도 없이 라일락 친구들과 같이 살다
그 분이 지어주신 새 이름
미스김 라일락*

아끼던 비서 못지않게
탐스럽고 짙은 향으로 진화했지만
그래도 첫사랑 뿌리는
눈만 배꼼 내민 영원한 수수꽃다리

이제 개종改種의 굴레를 벗고
당당하게 애들과 어울리고 싶다

---

* 1947년 미국인 식물 채집가 엘윈 미더가 북한산에서 야생 수수꽃다리 종자
를 채취해 미국에서 개종한 라일락으로 서울에서 연구를 도왔던 한국인 타이
피스트의 성을 따서 미스김 라일락으로 이름 붙임.

토우

나는 황토에서
질척하게 만들어졌지

시간과 바람의 보살핌에
다리에 힘이 돌고
여리던 근육은
어렴풋이나마 빛이 들어
반듯하게 살아났지만
밖으로 나가기엔
아직도 무르기만 한 몸

불가마에 들어
인고의 시간을 채운 다음
세상을 아름답게 살아왔지만
어느새 뿌옇게 시들어가며
뒤를 돌아보는 탄생들

탄생이 소멸이고
소멸이 탄생인 황토는

나의 영원한 뿌리라는 것

흙 없이 어찌
내가 있을 수 있을까
다시 돌아간다면
포근한 한 줌 흙으로
살아날 수 있을까?

종이배 같은 터번을 쓰고
시간의 강을 건너가는
토우 한 점

까마중* 돌리기
- 푸르스름한 빌미를 삭히며

꽃차례가 고개 숙인
여름 한나절

햇볕을 따라
쓰리고 아린 길을 걸어가던
설익은 까마중 하나
툭 떨어졌다

저버린 꿈
밀려오는 무기력한 나날들

풋 알갱이 하나
보릿짚 대롱을 사다리 삼아
허공에 올라간다

곡예사의 입에 물린
젓가락 끝에서 돌아가는 접시처럼

---

* 밭이나 길가에 5~7월경 흰 꽃이 피는 가지과에 속한 1년생 풀로 먹딸기라고
  도 함.

공중에 꿈을 띄워놓고
요리조리 돌려보는
초롱초롱한 동심들

바람 앞 촛불처럼
숨찬 날숨에 따라 먹딸기는
허공을 오르락내리락하였지만
길은 열리지 않고
어찌해야
대롱을 떠난 비눗방울처럼
잠시라도 알쏭달쏭한
세상에 나가 볼 수 있을까?

햇볕에 지구가 길들여지듯
날숨에 장단 맞추는
풋 까마중의 살아남기

보릿짚 대롱에 붙박여
푸르스름한 빌미를 삭히며

오늘도
공중곡예가 살길인 양
버짐 핀 날숨 앞에 대기하고 있다

까마중 돌리기

비록 깜빡깜빡 허공에서
물장구치듯 허둥대지만
그 어린 물음표 속엔
하늘 부럽지 않은 우주가
웅크리고 있었다는

머잖아 빵 터질
하나뿐인 꿈 덩어리

진또배기[*]

피데기^{**}처럼 푸석한 얼굴로
갈라진 발바닥이 포구로 향한다

풍랑이 실어온 갑작스런 소식에
지난밤 꿈이 여자 발목을 잡는다
솟대 끝에 매달린 새 한 마리
천리만리 날아가 빈 허공을 헤매더니
뒤늦게 앉을 곳을 찾아든다

카드빚 메우려 잔돈푼 털려고 오나
잠깐 들러 용돈 몇 푼 주려나
손에 들린 소주 한 병
자잘한 파도처럼
그 모양 그 꼴로 다가온 아들놈
안묵호 진또배기 한 마리
까치발로 바다를 읽고 있다

---

* 강원 강릉지역에서 불리는 말로 솟대와 비슷한 개념임. 긴 막대가 박혀있다
  는 뜻으로 집안에 바람, 물, 불의 액운을 쫓고 행운을 준다는 상징으로 주로
  대문 안쪽에 세워 놓았음.
** 속에는 물기가 남아 있고 겉만 대강 마른 생선.

진화의 끝

바다거북 떼 뭍으로 돌진하자
눈뜨고 자던 큰 새 황급히 날아올랐다
유황을 내뿜으며 물과 불의 숨막히는 다툼
몽글몽글 갈라파고스 섬 부풀어 올랐다
마치 기념처럼 시간을 녹여 꽃 피운 징검다리 섬들

첨벙! 붉은 기운 가라앉자 여느 새들은 하루를 접지만
인고의 세월을 까마득히 잊은 알바트로스*
잘 곳 찾아 날아오른다
그의 날갯짓에는 언제 닥칠지 모를 밤의 덫
수십만 년 전의 악몽이 염색돼 있다

날갯죽지만으로 하늘에서나 잠드는 불안증
새털구름처럼 사는 법 배워
빛의 속도로 시간을 건너왔다
이젠 하늘에서 6개월간 머무를 수 있게 진화한
알바트로스!

---

* 갈라파고스 섬에 사는 날개가 약 2미터나 되는 큰 새로 한 번에 6개월 체공
  할 수 있다고 함.

가족끼린 오륙 년마다 만나기로 하고
이생을 살아가는
비록 화산이 섬을 바꾸더라도

소원 바라기[*]

센소지淺草寺^{**} 아침
응어리 진 소원들이
가지런히 뜰에 내걸리고

향로에 불 피워
오체투지하듯 비는 모습이
이제 세상에 나와
하늘을 바라보는 나무순처럼
천진하기만 하다

세상 어딘가에서 찾아와
잠깐이지만 마음의 짐을 벗으려
북적대는 이방인들

나도 마당에서
시詩의 길이 보이지 않는다고

---

* 음식을 담는 조그만 사기그릇.
** 일본 도쿄 아사쿠사 금룡산에 있는 절로 향불 연기를 많이 쐬면 소원이 이루어진다 함.

향불에게 매달려 본다

머뭇거리던 향 아름 사뿐히
소원 바라기에 내려앉으며
어지럽던 순간이 흐르고 남은 것은
소소한 일상뿐

잠시 들떴던 마음이
공양불상 곁 은행나무의
용수철 이름표 띠에 머문다

처음부터 그곳에서
세상에 자신을 비춰보고 다듬으며
천년을 뜰 줄 모르는 집념

세상이 어려울 땐
불어난 배를 안으로 조여매고
풍요로울 땐 풀어놓고
자신을 다스렸던 지긋함

모든 건 마음에 달렸다고
넌지시 가르침에
시의 길은 더욱
아득해지기만 했던
그런 센소지 추억

음각된 생

개미들이 파 들어간 미로를 닮은 욕망이 심장을 에돌아
기가 살아나며 끊어질 듯 이어진 내 삶 번번한 삶의 나침반
하나 없이 잡초만 우거진 들판을 지나 숲으로 깊숙이 들어
가고 나서야 굴곡진 여정은 돌이킬 수 없는 수렁으로 빠져
들어 갔다 임플란트할 때 맞은편 치아의 양각을 본떠야 저
작詛嚼이 맞물리듯 조각난 생의 파편으로 연마의 길을 수없
이 거쳤던 음각된 생을 들여다본다 똑바로 내쳐가진 못했지
만 중심 잡으려 애썼던 자취는 은하수를 건너는 별들의 흐
름만큼이나 별거 아니었을지도 모른다 하지만 세상은 음양
의 조화로 이루어졌다는 데 비록 구불구불 길을 갔지만 이
와 맞물려 동행했던 길은 열쇠와 자물쇠의 만남과 무엇이
다르냐는 것이다 젊은 자동차가 서로 음양을 주고받으며 살
다 심장은 떨어져나가고 징표만 남은 지금 헐렁해진 열쇠가
지난했던 생애를 고이 품은 채 폐차장에 안치되어 있다

서로 맞춰가며 살아온 길
음각된 생이 한 때는 양각이었던 자신을 보듬고 있다

뒷그림자

나의 그늘이자

그림자로 남아있는 동짓달 그믐

내겐 아직도 탄생이 빛이 아닌 어둠의 그림자 속에서 어둠이나 찾는 고달픈 길이라는 것을 끝 모를 방황의 시작이라는 것을 어렴풋이 느끼게 되었을 뿐 영롱한 아침처럼 빛나는 축복 받은 탄생이라고 말하고 싶지 않다

서너 번의 실패 끝에

음지에서 피어난 생

그 속에는 모질게도 어둠에서 총총히 빛나야 할 불씨가 응어리졌을지도 모른다 밑동에서 멀어질수록 조금씩 제 빛깔을 잃어가는 날 동짓달을 떠나 다시 동짓달에 이르기까지 나는 허물을 얼마나 자주 벗으며 살아왔는가?

비바람에 만신창이 된 줄기

우듬지라도 살리려다 그새 닥친 11월의 끝 올해도 빈털터리 수확 없는 파종만 되풀이하고 있다 그럼 얼마나 가야 그늘을 벗을 수 있을까? 거기에 가면 그림자 없이 나다니는 정오의 나를 만나볼 수 있을까?

나의 그늘이자

그림자로 남아있는 동짓달 그믐

유난한 올여름 폭염이 그늘을 경신하며 그림자를 더욱 세
차게 한 데로 몰아세우고 있다

약오른열대야에헐떡대는동짓달그믐

멀어지는

나의 뒷그림자

울타리가 되어주던

강변엔
본색이 드러난 꽃들이
한창 미소를 짓고 있다

세상 어디에 내놓아도
뒤질게 없다는 듯
특유의 향을 뿌려대지만
화려함에 갇힌 봄은
그저 맹맹할 뿐

답답하던 마음이
향기로 얼룩진 꽃방을 나와
6월을 찾아 나선다

비릿하지만 달금했던
너와의 아득해진 발길

언제였던가?
다소곳이 깨끔한 얼굴로

나의 여명기를 흔들던
너!

여드름이 한창인
5월 모퉁이를 돌아 나서자
기다림에 지쳐
가시마저 돋아난 몸으로
나를 열애하던

하지만 수선스럽지도 않고
오밀조밀한 꿈으로 들어찼던
너와의 인연으로
지금의 내가 있게 한

오늘 아침 나는
지루한 뒤안길을 뛰쳐나와
그리움이 여울질
6월

아직도 가시지 않는
찔레꽃 향을 찾아
아련한 길을 가고 싶다

마음속의 티눈

밑창 갈고 사뿐했던
발걸음이 어설퍼지고 있다

발바닥을 못으로 찌르는 거 같더니
족저근막염足低筋膜炎이라고 한다
발바닥에 병나고 신발까지 쪽 나더니
발걸음마저 흔들리는 것이다
발바닥도 신발도 절름거리니
이젠 마음도 절름발이가 되어 가는 거 같다

세상의 험한 길 말없이 돌고 돌아온 앙상블

굳은살이 논바닥처럼 갈라지고
각질 낀 발자취를 물에 불려 벗겨내지만
마음의 앙금까진 어쩔 수가 없나보다

아무리 달래도
며칠 못 가 일그러지는 발바닥
마음속의 티눈 하나
크게 박혀 있나 보다

회귀

겨울이면 생각나던
담백한 선홍 눈빛
그의 몸에는 북태평양의 극한이
압축되어 있다

눈도 못 감고
허공에 입을 벌린 채
그립던 고향 찾아
여기까지 오게 된 동태들

리어카를 타고
내장 같은 골목을 돌아
입을 벙긋대며
곤한 잠을 깨우고 다니자

눈도 뜨기 전에
집집마다 바다가 한 솥 앉혀지고
가시로 얼룩진 지난날이
어렴풋이 발려지고 있다

어느 손길에 낚여
이젠 밸에 쓸개까지 떼어내고
내장 따로 살 따로 알알이
처절하게 내맡겨진 몸

생사의 갈림길에서
탱탱하고 쫄깃하게 살아온
고고했던 날들이
집집마다
감칠 나게 보글대고 있다

어릴 때 식구끼리
벼 모내기하고 남은 대가리와 내장으로
이튿날 모갭기*까지 하던
어머니에겐 제일 만만했던
알뜰살뜰 동태

---

* 물에 뜬 모를 다시 심어주는 과정으로 모내기 다음날 주로 식구끼리 하였음.

이 꼭두새벽 리어카에
생선 궤짝처럼 쌓인 어린 시절이
괜스레
뒤안길의 건널목을
지나가고 있다

영광의 눈물

물안개 피우고 그네 타던 때도 잠깐
장마가 오면 나는
세상 쓰레기란 모두 만나 사투를 벌인다네

정강이를 할퀴고 뿌리를 송두리째 잡아 흔드는 독종들
어느 오밤중 물 폭탄에 정수리가 휩쓸리고
몸뚱이는 갈기갈기 찢겨 비닐봉지만 훈장처럼 나부끼는
그런 호된 적도 있었지

하루아침에 많은 걸 잃고 생을 포기하고도 싶었지만
그럴 때마다 뿌리를 깊게 내리고 버틴
나, 강마을 갯버들

쫓겨 가는 먹구름들
볕든 오늘에야 허공에 급물살을 내걸고
영광의 눈물을 말없이 삼킨다네

하류로 쓸려나간 가지들을 생각하며

비릿하니 달금한

야자열매 맛을 본다
이 맛도 저 맛도 아닌
비릿한 속내

언제인가 새콤하기보다 달콤하게 깊은 맛이 들었던 파인
애플 어느 때는 설탕에 잰 딸기보다 새콤달콤했던 천연 그
대로 망고가 좋았던 또 어느 때는 고무나무가 좋아 진을 내
어 마음에 진공포장해 두었지만 구들장처럼 끓는 아스팔트
에서 일하며 지난날 새겨둔 맛과 즐거웠던 순간들을 얼버무
려 꺼내보고 싶었었지

놀 때보다 일하면서 마셨던
야자수가 그리워지는
한여름 자락

열대야에서 곰삭은 날숨들이 헐떡거릴 때마다 야자열매
에서 갓 뽑아낸 풀 비린내 같은 슬픔들이 짙게 배어 있었지
씻을 때나 잘 때나 붙어사는 그 콧김 단내가 나도록 쪼그라
든 잠 못 이루는 아열대의 밤이 검붉은 뭉게구름이 오르는

회색도시 속에서 서서히 자리를 잡아가는 비릿하니 달금한
바로 그 맛

　나는 지금
　아열대로 변신 중

시간의 무늬

삶이라는 시간의 이어진 흔적
어렵사리 핀 야생화가
계절을 내려놓고 있다

연두에서 초록
다시 제 빛깔 찾아가는
그런 시간들
알게 모르게
시끌벅적하다 침묵으로
고요에서 적막으로
그러다 암흑으로 미어져 가고
시간은 누구에게나
때맞춰 색깔을 내주고는
담담하게
또 다른 길을 가겠지

군락에서 내몰린
어느 개망초의 외로움을 달래는
시간의 숨결처럼

제 몸 불사르는 계절이 안타까운 듯
시간마저 뒷걸음질하며
화해의 빛깔을 덧칠하고 있다

시간을 앞서가던 마음 하나가
엉거주춤
꽃을 피워냈다

외돌개*

산 번지가 내 주소지이다

하늘이 바다와 육지를 다독여
바다 끼고 살갑게 살아왔다
휩쓸리는 육지
파도와 힘겨루기에 밀려
나는 바다로 갔다

파도는 종신 조각가
산채만한 해일로 윤곽 잡아
구석구석 음양각을 넣으며
지금도 미완성인 기암절벽
외돌개

침식해안 무대에서
육지 향해 지휘봉을 잡는다
파도는 포르티시모, 주상절리는 안단테 칸타빌레

---

* 제주도 서귀포에 육지와 인접해 있는 기암절벽.

휩쓸리는 자갈의 울부짖음에
철철이 채색된 연표 붙들고
하얗게 굳어가는 마디마디

더 이상 시련을 견뎌낼 수가 없다
어서 육지로 돌아가
뼛속까지 몸을 추슬러야 한다

미지의 문 연 외돌개
바다 대신 육지가 들락거린다

멈칫하는 봄

상고대가 찾아왔던 밤섬* 둘레
편마비 된 수양버들이 볕을 쬐고 있다

버들강아지는 실눈 뜨는데
깨어나지 않는 가지를 꼭 품고
도리질하는 봄
겨울에 반백이 된 버들은
말라가는 가지를 살리겠다며
강물을 부지런히 마셔댄다

어릴 때 떠났던 어른아이들이
철새의 땅이 된 고향을 바라보며
그리움을 담가본다
쩍쩍 갈라지며 우두둑대는
마디마디
폭삭 낡아버린 날들이
강물에 아른대고 있다

---

* 한강 서강대교 아래에 있는 작은 섬으로 1968년 한강 종합개발 전에는 사람
이 살았음.

얼었던 몸이 불어터지는 봄날아침

시간의 숨결에 입이 떨어지며
설움이 눈 녹듯 하고
쥐오리 물질이 한창인 강물에는
아직도 고층빌딩이
몸을 녹이고 있다

강을 거슬러오던 봄이
섬에서 멈칫
눈시울을 붉히고 있다

천생인연

꼭두새벽 아침이 밀려온다

종아리를 주무르는 지난밤
뻣뻣하던 몸이 풀리면서
돌기에 물오르는 소리 요란하다

찔끔대는 봄바람에 느긋이
겨울 끝물로 하루를 보내던 지난날들
땅만 붙들고 미적거리다
비록 나무 그늘에 갇혔지만
자존심 하나로 살아왔다는 것이다

줄줄이 매달린 꽃망울만 어르다
해쓱해진 몸으로 지팡이에 기대어
차례차례 꽃 피울 날만 기다리는데

여름처럼 짓궂은 햇살에
바람기 있던 봉오리만 먼저
진분홍 겹꽃 한 송이 주고 가는 것이다

봉오리들 줄 서 있는데
나 같지 않은 모습 달랑 안기고
너의 길을 가는 이 시대를
나는 보듬고 가야 한다는 것이다

아침이슬처럼 슬프게
내 눈에 아른대는
접시꽃 삶

망종芒種

오롯이 사철 푸르른 척
제 잘난 멋에 사는 저 향나무

칼바람에 온몸으로 맞서더니
한겨울 잘난 봄
잔등이를 내보이며 잠에 빠져 있다

이 좋은 봄날 꼼짝 않고
겨우내 돋았던
소름을 꽃 피우는 너
오직 살아남기 위해
꿋꿋이 벼렸던 꿈들이
별사탕처럼
온몸에 피어나고 있다

어린 침엽이 수염처럼
들쭉날쭉 온 하늘을 찔러대는
키우기 바빴던 날들
잔뜩 가지만 늘려놓고 나니

하루하루가 숨 막혀
기 세던 가지마저 늘어지고 있다

겉은 멀쩡한데
밑동부터 썩어가는 속살들
제 몸 하나 못 챙길 바엔
어서 역풍이라도 불러
싹둑 도려내야 할 텐데
선뜻 나서지 못하는 손

이젠 내게
봄도 오지 않으려나 보다

나비 수상

흰 나비 한 마리
일요 아침을 건너간다

적막을 깨뜨리는 날갯짓에
빗방울이 파르르 떨며
칠월 풍경으로 들어간다

원두막에 기댄 애호박은
탯줄 떨어질까 순筍을 칭칭 감고
바람에 밀려왔는지
낯선 나비가 꽃술에 들어가
날이 들기를 기다리고 있다

개울 건너 고부랑길엔
빨갛고 파란 우산 한 쌍이
비의 파란波瀾을 즐기며
잔잔히 사라져가고
몽당 호미가 다 된 머리에
목이 쑥 들어간 나비 한 분

일 년 농사 한 함지
가득 이고 날아드셨다

배고픈 논으로
새참을 이고 들고
세월을 업고
재바르게 젖은 날갯짓하던
가냘픈 천사

어느 여름 아침
비오는 도시 속
아라 쉼터* 원두막으로
애처롭게

---

* 안양천 오목교 아래 있는 천변 원두막.

손 놓은 빨랫비누

애들 옷가지를
빨래판에 올려놓고
속속들이 들춰가며
비비고 헹구느라
자리를 뜨지 못하던 손

지금은 화장실
구석에서 물 빠진 갯벌처럼
주름진 속살에 뼈만 남은 채
하릴없이 앉아 있다

아침부터 발코니에서는
이어폰을 낀 휴대폰이 물비누에
연성세제까지 넣어가며
애들을 잘 부탁하더니
바삐 집을 나서고 있다

안쓰러움과 애틋함이 교차하며
빨래 대신 꿈을 찾아가는

멀티플레이어의 요즘 모습

아는지 모르는지
세탁기는 시킨 대로 빨아놓고
알람을 울리고 있다

손 놓은 빨랫비누가
넌지시 건너가
뒤엉킨 애들을 가지런히
건조대에 널고 있다

1에서 59까지

음양이 만나
처음 가꾸었던 원조 연력

1에서 12뿐인 세상에
춘하추동 꽃물이 들고
우수 경칩… 소한 대한 절기마다
손끝 아린 열병을 앓으면서
아쉽지만 흩어지게 되었지

1에서 30을 울타리로
제법 달력이라고 만들어 썼지만
날이 갈수록
그날이 그날인 느낌에
59까지 분 단위로 늘려
더 새록새록 살게 되었지

재깍재깍 초침이
1분을 만드는 동안
소멸과 생성을 반복하는

수많은 생명들

삶이 죽음이요
죽음이 곧 삶인 시간의 덮개
그 속속들이 우리 몸에는
느리지도 빠르지도
적지도 많지도 않은
1에서 59가
딱 맞지 않나요?

마시고 나면
가슴이 두근거리다 뻥 뚫리는
사이다 같은
감정이 어우러진
시간만의 숫자들

벌써 나는
59에서 00으로 넘어갈 때
여유로운 듯 아쉬운 느낌

그 감정으로 살아왔지요

매년 동짓달 그믐이 까마득하다가도
얼떨결에 훌쩍 넘어가버린
연월의 마지막 경계에 선
나의 출생 비밀

저기 전자시계를 봐요
1에서 59를 가지고
깜빡깜빡 넘기는 시간이
참 스릴 있지 않나요?

어디 한눈 팔 시간 있나요

이만하면
사는 거 같지 않나요?

03
시간 머리

시간 머리

성급한 출발에 발목 잡혀
원위치 되는 시간들
그렇지만 시간 머리는
아무렇지도 않게 그만큼
길을 앞서가는 것이다

절묘한 실수는
감정을 조마조마하게 만들어
시간 속을 허우적대고
화살표 없는 시간은
제자리걸음만 할 뿐

반경半徑을 그리며
망설임에 겹쳐지는 시간 머리들
들불처럼 번지면서
굴레를 벗어나게 된 것이다

머뭇거리던 여정은
가속 페달로

뒤쳐진 시간을 좁혀 놓았지만
자오선을 앞두고 쏟아지는
해묵은 시간의 비루들

난데없이 끊겼던 소식들이
시름을 불러들이고
잘 나가던 날도 그만
표류를 거듭하게 된 것이다

흔들리는 시간 머리에
길 잃은 나침반
출발지점이 방향타를 휘어잡고
날짜선을 들락대고 있다

키리바시!*
망설일 틈 없는 길

---

* 키리바시(Kiribati):태평양 중앙 날짜변경선에 위치한 조그만 나라로서 지역
  간 날짜가 다른 불편을 없애려고 기준선을 지형에 따라 바꾸었음.

출발은 늦었지만
시간 머리를 이끌고
오늘도 빠듯한
항해를 펼치고 있다

있는 듯 없는 듯해도

세상에 태어나 화마의 숨통을 끊으며
여기까지 지내왔지만

스프링클러가 나타나고부터는
어쩌다 찾아나 볼까
그날이 그날처럼 지내면서
조금씩 굳어가던 몸이
끝내 마비가 되었던 것이다

콘센트의 과열에 가스차단 밸브의 건망증에
재빨리 안전핀이 비상을 걸었지만
시간의 흐름 앞에선
돌덩어리처럼 무기력해진 소화기들

굳은 가슴을 어찌할까?
있는 듯 없는 듯했어도 듬직했었는데
네가 떠난 뒤 너무나 찜찜한 빈자리

집은 불면에 시달리는데
소화기는 불타는 하늘만 보고 있다

문드러지는 기록

잠잠한 거실 벽에 어룽대던 기록들
떡잎처럼 비실대며 지나더니
홍역 소리에 땅이 일어나고
비 맞은 글씨들이 부리나케
자존自存의 벽을 기어오르고 있다

손을 호호 불어가며
나만의 길을 꾹꾹 눌러쓰던
뚝심의 필력筆力
부러질지언정 구부러지기를 거부한
기록의 첨병들

쓰러졌다간 다시 일어나
뛰어가던 기록들도
관념의 변화를 알아차리고
남의 글로 들어가
내 모습 찾느라 분주할 뿐

날 벼리기보다
문드러지는 게 더 많은
안타까운 날들
글의 비결이 노을 지고 있다

자칫 제 색깔을 잃고
노란 바람에 휘말리기 전에
묵은 가지 잘라 새순 나오면
뼈저리게 뚝심을 심어놓고

나 왔던 데로
총총히
떠나가야 할까 보다

잊었던 반내림의 날

펄펄 끓는 대지에
덩달아 달아오르는 내 몸

아직도 적정온도를 못 지키는
감정의 발로가 있다

너무, 무뎌도 예민해도
모자라는 한 치 마음

밭아 때는 얼렁뚱땅
그 자체를 허용하지 않았지만
눈이 트이고 나서는
바람결에 따라 욕망의 온도도
부침을 거듭했던 것이다

섭씨 36.5도에서 37도에 놓인
나이테의 결
미세한 반올림의 경쾌함은
고스란히 악보로 남아있지만

40도를 넘는 과열의 끝은
허공으로 날아간 지 이미 오래 전

그렇지만 저체온에 유린되었던
반내림의 날들
36도까지의 내리막길엔
끊어질 듯 이어진 지난함이
촘촘히 틀어박혀 있다

내 몸을 잘 구슬려
피라미드의 극점에 달했던 지난날
다시 시작점에 내려와 보니
여기가 바로
내 인생의 기준점이었네

높은 데만 바라보며
반쪽밖에 몰랐던
부끄러운 날들

나 이제
들쭉날쭉 이어진
나이테의 결을 꺼내 들고
잊었던 반내림의 날들
하나하나 거둬
아끼며 살아가야겠다

양면의 세상

한 치의 오차도 모르는 날카로운 눈매들 작은 것은 힘을
키우고 큰 것은 속도를 늘리느라 적과의 동침도 마다하는
대범함 톱니바퀴가 재깍재깍 시간을 만들어내듯 첨단의 톱
니들이 맞물려가며 제 몸보다 크고 단단한 철판을 재단해
뜻밖의 역사를 만들어내고 있다

세상은 톱니바퀴처럼 맞물리면서 잘 돌아가다가도 한쪽
이 삐걱거리면 덩달아 삐걱대다 결국엔 쓸모없는 설비가 되
고야 마는 어쩜 기계 같은 것 불황과 함께 찾아온 부품과
엔진의 잦은 마찰에 기계공구 상가 마당에 톱니들이 덧니
처럼 삐져 있다 한 때는 사람보다 정확하게 그칠 줄 모르며
살아왔지만 힘과 속도가 서로 엉키면서 제 몸이 마모되어
갔던 것이다

마모는 녹을 부르고 서서히 죽어가다 멈추는 순간 예리하
던 톱니바퀴의 세상은 한물간 유물로 남고 기다렸다는 듯
전혀 다른 틀의 세상이 상륙하는 태풍처럼 겁 없이 이리로
몰려들었다

개미다리*

불가능의 원천은
아무 말 없이 다가와서는
고민을 부풀려 놓고

나와 너, 세상을
얼기설기 엮어가다 마는
나만의 방편으로나 남을 것이다

혼자만의 실패는
누구를 나무랄 것도 없는
외로운 상처투성이뿐

상처가 덧나다 보면
여러 갈래의 처방을 놓고
고민은 더욱 깊어만 간다

배다리로 영혼의 강을 건너던
능행陵行 무리처럼

---

* 개미들이 서로 꼬리를 물고 다리를 놓아가며 혼자서는 건널 수 없는 잎사귀
   사이를 건너가는 사회성 초유기체적 존재를 말함.

내 울타리를 넘어
이웃을 넘나드는 고리들
저마다의 비결이 융합하면서
불가능의 비밀은 점차
세상에 모습을 드러낼 것이다

영혼으로나 꿈꿀까
허공에 다리를 놓아가며
자신을 희생하는 개미들의 행진

끊겼던 생각이 이어지면서
상상의 꼬리를 물고 이어지는
기적 같은 현상이
지금도 어디에선가 펼쳐지고 있다

SNS를 떠돌던 불가능이
불후의 역작
개미다리로 누군가의 세상을
포근하게 이어주고 있다

지至 언총言塚

남의 말 듣기보다
내 말 하기 바빴던 지난날

풍선처럼 부풀었던 말들이
슬슬 바람이 빠지고 있다

아집에 사로잡혀
불통에겐 가시 돋친 말을 퍼붓고
침묵에겐 말의 바다에 묻어버리는
입막음의 질주

그뿐인가 눈엣가시를 보면
날을 벼려 싹을 도려내고야 마는
말의 혀, 혀의 더께가 묻힌 곳

함부로 말하다 된서리 맞고 나서
억새풀 같던 혀가 순화되고
냄새나던 입이 정화되고 있다

'말 한 마디에 천 냥 빚을 갚는다'는데
좋은 말하면 어리숭해 보이고
안 보인다고 막말하는 입들이 살아나
누가 누구에게 죽을지도 모른 채
SNS에서 활개를 치고 있다

제 살 뜯기면서
끝없이 추락하는 댓글들

지 언총이
철새들로 붐비고 있다

칩거

바깥세상이 궁금한가?
스프레이가 까치발을 하고 있다

오랜만에 하얗게 바랜
머릿결을 솎아내는 소심한 손길
아무리 다듬어도
빛을 내기엔 너무 늦은
날들이 올올이 들어차 있다

오늘은 어떨까?
고민을 빗어 넘기고
스킨로션이 외출을 서두를 쯤
헤어스프레이를 꾹 눌러주면
참아왔던 가슴앓이를 토해내는
솟대 같은 날들

마음은 벌써 앞서가고
기울어진 몸 중심 잡고 다니다 보니
하루가 가뭇없이 사라진 것이다

집에 들어앉아서는
멀뚱멀뚱 서로만 쳐다보는
스킨에 로션에 헤어스프레이들

살짝 만져만 주면
남겨둔 마지막 열정을 모두
그대에게 쏟아 불 텐데
이따금 바람이 불러내도
꼬리만 치다마는
그전 같지 않은 날만 이어지고

잠깐 들어온 빛에게
자신의 향기를 꼭 쥐어주는 스프레이

굳어가는 눈금을 보며
외출할 날만
하염없이 기다리고 있다

까시래미*

들고는 모자라
만져봐야만 직성이 풀리는
시절이 있다

오감 중에서도
수족으로 느끼는 감촉이야말로
상상의 나래가 아니고
그 무엇이랴

손발은 부르트고
굳은살 박인 세월의 삶은
바다에 휩쓸리는 육지만큼이나
처절하고 척박했으리라

비바람이 몰아치는 생애를
그대로 볼 수만은 없어
방향을 틀어쥐고 싶었던 날

---

* 손톱과 발톱에 살이 맞닿아 벗겨지거나 일어나 거슬리는 '거스러미'의 방언임.

대쪽같이 앞만 보고 가던 고집의 결을
누구도 꺾지 못했으리라

머리를 잘못 쓰는 바람에
한 고비 넘기면 괜찮을까 했던
해묵은 눈엣가시

이리저리 휘둘리며 찢기고
가시 박힌 날들
상처로 얼룩진 시절만
산맥처럼 늘어서 있다

잡초같이 잊을만하면
또 들고 일어나 미움을 사는
평생을 좇는
악다구니!

그렇다는데

코스닥에 눈 뜨고
코스피로 저무는
뜬소문에 달아올랐던 시장이
새파랗게 질려 있다

종목번호 처음 내민 날
사람들 눈총에
얼굴이 토마토 같은데

툭! 상한가로 올리고
뒤로 숨는 새빨간 전표들
막무가내에 나설 수도 없고
며칠 재미 좀 본 개미들은
꼭지에 있는 대로 물렸다는데

호드득 호드득
양철지붕 위 고양이 모양
이리 뛰고 저리 뛰고
뭔 말을 흘리고

작전세력이 사라진 시장엔
찬바람만 부는데
아니라는 공시에도
아니라는 시장 깊숙이
또 아니라는
뜬소문이 도는데

코스닥 상장하고
회사는 곯고
개미들은 속 타고
소문만 배가 부르다는데

오늘도 소문에 사서
뉴스에 팔라고 떠드는
증권 애널리스트들
그들도 꼭지가 어딘지
바닥이 어딘지도 모른다는데

유리천장

단골 청소당번에 커피 잔 받침처럼
밑바닥부터 헤어날 길 없는 인생들

꽃을 찾아 내 안의 세상 돌고 돌았지만
여러 발길에 짓밟힌 몸
달콤한 꿀은 벌에게 빼앗기고
빈 통만 남은 세상에 맞서다
굶주린 거미들 밥이나 되는 한 철
애벌레 하나 낳을 수 없는
포화상태의 계절을 벗어날 순 없을까?

바깥세상 찾아 나서
눈에 불을 켜고 주경야독
피라미드 계단을 애써 올랐지만
또 발 디딜 틈 없는 차별의 절벽에서
울부짖고 있는 나비들

잠시 쉬었다
미래의 날갯짓을 해보아도

다가갈수록 멀어지는
보이지 않는 벽을 깰 수 없을까?
오를수록 더 높아지는
유리천장을 깰 수 없을까?

말뿐인 남녀평등

이중 잣대를 들이대는
사회의 규범과 관습들이여

그대들은
어디에서 온 생인가?

뒷바람의 조건

강바람을 되게 만나
꼬챙이로 있는 힘을 다해 보지만
일진일퇴를 거듭하는 외발썰매

맞닥뜨린 바람에게
아무리 두 발로 대들어봐도
유리 같은 얼음판에서는
미끄러짐의 연속이었을 뿐

출발선을 떠난 스켈레톤*처럼
이미 멈출 수 없는 여정

때론 바람도 등져봐야 하는 데
어설프게 나섰다
모진 바람에 휘청대는 몸

---

* 스켈레톤(skeleton):활주용 썰매로 경사진 얼음트랙을 미끄러져 내려오는
  겨울 스포츠로 동계 올림픽 종목임.

그나마 뒤로 밀릴까
어깨에 짐만 더 늘린
뒤안길이 시무룩이 있다

조금만 밀어줬으면
반환점을 돌아
뒷바람으로 갈아탔을 고비들

이제 남은 거라곤
내리막길의 날 뿐이지만

어서 뒷바람 일으켜
힘 부칠 때 힘이 되는
외발썰매의 든든한
후원자가 되어야 한다는 것

더덕할머니

꽃샘추위에도 내게 맡겨진 생이려니
할머니가 좌판을 편다

세상 온갖 근심을 달고 살면서
툭툭 뿌리를 내린 굵직한 주름들
몇 해를 넘어왔나
털벙거지에 볕을 가두고
감자조림처럼 짜글짜글해진 손이
제법 살이 오른 더덕을 벗기고 있다

맷돌 멍석만한 깔개에서
아기 목욕 씻기듯 하는 잰 손놀림
울퉁불퉁 고집덩어리들이
어느새 매끈한 속살바람으로
수줍게 앉아있다

짙은 향내를 풍기며
봄바람에 꼼지락대는 씨눈들
동네에 꽃망울 터지기 전에

마저 다듬어 팔아야 할 텐데
할머니 눈망울은 짓물러만 가고
그늘마저 몰려와
썰렁해진 골목길 오후

어쩌다 지나던 바람이
인정머리로 한두 개 사가면
얼른 봉지를 채워놓는
앉은뱅이 좌판

더덕 한 상자가 전부인
오늘 장사는 아직도 멀었는데
늘어지는 그림자 등살에
할머니가 안절부절 못하고
마른기침을 하느라
들썩대는 어깨에 어둠이 내리면
집에 가자고 졸라대는
알몸뚱이 더덕들

지나온 날만큼이나
움푹 주름만 더 늘어난
할머니의 하루해가 저물어간다

하늘개나리

어렵사리 오는 걸 알고
서둘러 봄비 속에 오시는 하늘개나리

파뿌리 같던 모습 숙지고
그저 샛노란 미소만 지으며
주름살 뚫고 나온 새싹인 양
나를 그윽하게 반겨주시네

손을 뻗으면 닿을 듯하다
아스라이 멀어지는
봄비 속의 당신 모습

하늘로 가는 언덕길에
당신이 심고 간 개나리들이
어찌 그리도 닮아
웃음꽃으로 가득 피어났는지

한식날 아침
개나리가 된 어머니를 뵙고 나니
이제 마음도 편하다네

빗나간 터 잡기

1

초여름을 향해 키만 멀쑥이 자란 채로 이름값도 못하던
개복숭아 몇 그루가 꽃 한번 피우기도 전에 예초기 날에 일
년을 마감한다 이번 봄날 등걸에서 구사일생으로 꿈을 얻어
나왔지만 조경수 옆에 있다가 올해도 고비를 넘기지 못하고
다년생 나무가 아닌 일년생 풀만도 못하게 쓰러진 것이다

무섭게 꿈은 시들어가고 얼마 안 가 여름날을 떠나는 안
타까운 네 모습 화려했던 만큼이나 비운으로 얼룩진 개복
숭아의 생이여 스스로는 그 자리를 떠날 수가 없음을 어찌
할까나

2

등나무가 가로등에 기어올라 꽃은 안 피우고 덩굴로 새끼
꼬듯 등불의 목을 조여가고 있다 땡볕을 견딘 기술로 그까
짓 전기불은 별거 아니라며 탐욕의 혀를 날름거리는 쇠 동
아줄 같은 마음보 송충이처럼 불빛을 갉아먹더니 지난밤을
암흑으로 만든 것이다

벼르고 있던 조선낫이 덩굴의 멱을 단숨에 따버리자 종
일 허공에 사정하다 고개 떨어뜨린 달개비 같은 놈 세상 멋
모르고 까불다 큰 코 닥친 등나무의 생이여 스스로는 그
자리를 떠날 수가 없음을 어찌할까나

   짓밟고 짓밟히며 가는
   만물의 생이여
   스스로는 그 자신을 깨닫는 게
   쉽지 않음을 어찌할까나

표정관리

　막다른 골목 지하 단칸방으로 올 때 흘렸던 피눈물이 돌아나가는 늦어진 재기의 날 옹기종기 모여 있는 살림살이들 계약 2년 만에 탈출에 성공한 눅눅한 이불이 몸을 말리고 양재기들이 퀴퀴한 냄새를 풀고 있다

　아침부터 서두르던 복덕방은 이사 올 사람이 늦어지자 짐나간 방을 주섬주섬 치우며 떠날 사람 눈치를 살피고 덜 정리된 채로 어지럽게 실려 온 차에서는 짐들이 비집고 들어갈 걱정을 안고 골목 한쪽으로 내려지고 있다

　반지하를 오르내리는 먹고살기 바빴던 고만고만한 이삿짐들 떠나는 보증금은 그래도 인사를 건네고 들어온 짐 보따리는 기가 죽어 눈치를 보고 있다 어렵사리 반지하를 지켰던 소품들은 안절부절 못하다 깜박 잠이 들었다

　살기 어려워지면서 이사만 늘어나는 불황 속의 슬픈 호황 짐짓 이삿짐센터가 표정관리에 들어갔다

혼신渾身

어떤 분일까? 설렘 속에 찾아온 길 '승진 축하 드려요' 자색 미소를 건네는 순간 새 명함을 내미는 손 그의 얼굴이 화사하다 며칠 인사만 받다 회의실 분위기 잡느라 눈코 뜰 새 없던 나 함초롬하던 얼굴엔 고민이 새로 피어나고 뿌리는 갈래갈래 짓물러 창가로 밀려나게 되었다 아침이슬 영롱한 청초 대신 어수선한 협상테이블 분위기에 맞춰 사는 나, 자란紫蘭

답답할 때면 옥상에서 바람도 쐬고 분갈이까지 해봤지만 거듭되는 초조와 불안의 나날 내 몸은 야위어만 갔다 화원까지 들락대다 집으로 와서 모질게 추슬러 온 팔년 세월 이젠 마음도 편하고 몸은 그전만 못해도 꼿꼿이 설 수 있게 되었다 비록 홀몸이지만 정체성을 잃지 않았던 십육 년 내 생애 꽃다운 꽃 한 번 피워내야 한다 몸을 꼭 짜서라도 촉촉한 미소와 은은한 향을 그 분께 돌려줘야 한다

무릇 봄날이 오려나? 몸이 근질거리며 입맛이 돌고 얼굴이 화끈거린다 직위 없는 자연인 그 분의 주름이 펴졌다 나도 따라 혼신의 자란을 꽃 피운다

일탈

말로만 듣던 이명이 찾아왔다
요 며칠 귓가를 맴도는 듯하더니
오십년 전 어린 삭풍이 똬리를 틀었나보다

바깥소리만 듣고 다녔던 지난날
짓눌렸던 내면의 벽이 살아나더니
알아듣지도 못할 소리를 내고 있다

어쩌다 진공상태가 된
세상의 문이 되어주던 귀
24시간 틀어막고 윙윙대기만 할 뿐
시원한 말 한마디 없이
나를 내 속에 가둬 애태우고 있다

어쩔어쩔 중심 못 잡는 발걸음
비바람에도 끄떡없던 몸이 그새
자신에게 갈팡질팡하고 있는 것이다

이제 치미는 묵은 싹들은 도려내고
세상구경 못한 마음가짐만 잘 키워내
내 몸의 균형을 다시 잡아야 할까보다

돌이킬 수 없는 인생길
내 속을 들여다보며 가는 길이
외줄 타듯 아슬아슬하다

안간힘

깊어가는 밤
평행선에 목을 맨 모터카*들
늙은 레일에서 까치발을 한 채
늘어진 공중진로를 손보고 있다

다람쥐 쳇바퀴 돌 듯
건널목 어디쯤에서 뒤엉킨
꿈의 실마리를 찾는 사람들

헤드라이터가 공중을 뒤적여
방전放電을 잡아들이는 동안
받쳐주는 게 안쓰러워
유영하듯 발버둥치는 것이다

살아오는 동안
부닥쳤던 많은 장애물들

---

* 철도시설을 수리하는 소형 기관차로 주로 열차운행이 없는 야간에 단전상태
  에서 작업함.

그 고비마다
영혼을 불어넣어주던 존재가
바람 부는 이 밤
고압전선을 다독여주고

이제 엘이디 비상조끼까지 껴입고
불나방처럼 아등바등 대는데
끊겼던 길은 숨통이 트이는데

흩어진 앳된 해바라기들
아직도 꿈에서 깨어나지 못하고
밤하늘을 떠도는 것이다

빙점

하루 새 시간의 벽에 갇힌 과거들
면면이 스러지고
어설픈 미래 하나 새로이
야생에 던져졌다

어디로 튈까 움츠렸다 폈다
두리번대는 미래여
빈 시간들, 가진 것 없는 시재時在로
무얼 망설이는가?

이젠 비등점 같던
과거를 찾으려들지 말고
한겨울의 경계나 단단히 할 일이다

얼어붙지도, 흐지부지 녹아버려도 안 될
꼿꼿한 자세로 끝까지 살아내야 할
하나뿐인
나의 빙점

발버둥

비가 눈으로 바뀌며
살랑대던 가랑잎들도 바람에 밀려나고
나무들이 겨울옷을 입고 있다

심지 굳은 속살은 땅속에 숨기고
허우대만 바람을 맞아가며 눈치를 보고 있다
버릴 것은 모두 버리고 겨울을 나려는 것이다

그런데 나는 지금 바람에 맞서 옷을 껴입어가며
자연에 순응하기보다 발버둥을 치고 있는 것이다

나이테는 늘어도 변함없는 처연함
나도 나무처럼 마음을 비웠다가 새싹을 틔울 수는 없을까?

인생에 눈보라가 몰아쳐도 맨몸으로 버티다
만산홍엽 한 그루가 되고 싶다

풀숲 이주

갈대숲에서
달팽이 가족이 길을 나섰다

비가 주춤하는 사이
새끼들을 데리고
위험한 외출을 하는 것인가?

밋밋하기 그지없는
갈대에 가려진 어린 시절

달팽이 어미는 개망초꽃들이 흐드러진
야생의 7월로 새끼들을 들이려
길을 나서는 것이다

가는 듯 마는 듯
보다 많은 꽃들과 풀들이 사는
건너 풀숲으로 가는 길

안개가 가신 오후
주춤하다간 잡아먹히고 깔려죽고
말라죽을지도 모를 길을
하늘에 맡긴 채
더듬더듬 건너가고 있다

난생 처음 가시밭길을
배를 끌며 다다른 풀밭
야생의 마당에 던져진
달팽이 새끼들의 생이
새로 시작되고 있다

느릿느릿
먼 길을 보면서

도심의 사슬

고양이들이 실컷 자고 나오는 도심의 저녁나절 잠시 팔다리로 가볍게 스트레칭을 하고 먹이 찾아나서는 발길이 제법 가벼워 보이기도 하였지만 낮이 늘어진 유월 하순 꼬르륵대는 뱃속이 빈둥대던 비둘기들이 휩쓸고 간 사료 그릇을 애처롭게 핥아대더니만 폭풍같이 몰아치는 허기에 자존심은 내팽개치고 세상에다 야옹대며 구걸을 한다 간밤 제 밥도 못 챙겼다며 문전박대만 당한 꼬질꼬질한 고양이들 영락없이 밥 때 놓치고 한숨짓는 노숙자 발길이다 시멘트벽에 가로막혀 퇴화되는 근성 무뎌진 발톱으로 바라는 건 비둘기 몰래 찾아오는 구호사료뿐 눈망울마저 흐릿해진 이른 새벽의 기아 '애들아! 나 왔다' 소리에 선착순으로 등을 보이는 뱃구레들 그렇지만 서열 따라 배고픔도 깍듯이 줄을 서고 눈치보다 후딱 지나간 식사시간 안타깝게 남은 사료가 찬밥이 되고 있다 그래도 배는 덜 찼지만 이제는 돌아가야 할 때 먼동이 트자 구구鳩鳩 떼가 몰려와 야옹이 밥그릇에서 성찬을 즐기고 있다 도심에서 사는 방법에 길들여진 비둘기들이 먹이를 낚기는커녕 시간 맞춰 고양이 사료만 끼룩끼룩 목이 메도록 삼키는 것이다 야생이 사라진 도심 시멘트 벽에 갇힌 삶의 사슬들은 오늘도 올빼미처럼 이리저리 골목

을 뒤지고 있다 근무시간이 끝나가지만 교대하고 돌아가 봐
야 또 벽에 갇히고 말 도심의 사슬 단 하루라도 사슬 끊긴
세상에 고달픔을 풀어놓고 내 삶을 돌아보고 싶다

해설

시간에 대한 아주 색다른 해석

이승하(시인·중앙대 교수)

김유 시인의 두 번째 시집은 제목이 '시간의 길'이다. 시집에 수록된 70편의 시는 어찌 보면 시간에 대한 치밀하고도 집요한 탐색이라고 할 수 있다. 우리는 매일 시간을 의식하며 살아가고 거기에 얽매일 수밖에 없다. 출근시간, 퇴근시간, 출발시간, 도착시간, 기상시간, 취침시간, 약속시간……. 시간은 인간의 발명품이기도 하다. 60초가 1분, 60분이 1시간, 24시간이 하루, 365일이 1년, 12개월이 1년, 100년이 모이면 한 세기……. 효율성과 합리성을 따지면서 인간은 시간을 심지어 황금으로 비유하였다. 시간을 잘 관리하면 부를 획득할 수 있었기에 부지런한 인간은 시계바늘의 움직임에 예속된 채 살아왔다. 이제 시간에 대한 개념은 인간에게 워낙 익숙해졌기 때문에 우리는 그저 시간이 없다느니, 시간이 부족하다느니, 시간에 쫓긴다느니 하는 말을 되뇌며 바쁘게 살아간다. 시간이 대체 무엇인지에 대한 한가한 명상은 철학자들의 몫으로 돌리고서 그저 바쁘게.

올해 실시된 대입수학능력시험에서 국어 문제지는 무려 16쪽, 순식간에 읽고 풀지 않으면 안 되는 것이었다. 사고력과 이해력보다는 순발력과 속독술로 풀어야 했다는 말이 들린다. 재빨리 읽고 감으로 답을 써야지, 시와 소설 등 지문을 음미하면서 문제를 풀려고 했다가는 반도 풀기 전에 종이 울렸을 것이다. 우리 사회의 병폐이기도 한 '빨리빨리'는 대형 참사의 원인이기도 한데 이번 시험은 그렇게 빨리빨리 답하는 능력을 테스트하였다. '졸속공사', '졸속행정' 같은 말에도 시간의 의미가 내포되어 있다. 충분한 시간과 충분치 못한 시간 사이에는 분명히 큰 차이가 있다. 보이지 않는 시간이라는 것이 인간의 삶을 변하게 하는 원동력이 되기도 한다.

김유 시인은 공직에 오래 몸담고 있다가 정년을 맞은 뒤에 새롭게 일자리를 얻어서 출·퇴근하게 되었으니, 바로 철도 건널목 지킴이가 그의 제2의 일자리다. 대체로 밤과 낮이 바뀌었다. 남들이 자야 할 시간에 그는 깨어 있어야 했고, 깨어 있을 시간에 잠을 자야만 했다. 시간을 아주 정확하게 확인하면서 출·퇴근하는 삶, 정해진 시간에 기차가 들어오고 떠나는 것을 확인하는 삶. 모든 것이 시간을 지켜 진행되어야 하는 일이었다. 느릿느릿도 빨리빨리도 허용되지 않는 세계, 건널목 지킴이는 시간 지킴이였다. 김유 시인이 이번에

내는 시집이 왜 시간에 대한 탐색인지 말하기 위해 독자께 건널목 지킴이 이야기부터 해드렸다. 자, 이제 그의 시세계로 들어가 보기로 하자.

하루를 돌아보니
사색에 잠긴 지구가 있다

하루가 모자라서
하루하루를 빌려 쓴 내가 있다

잠깐 쉬었다 다시
1년을 향해 가는 지구에게
나는 참으로
어리석은 여행을 한다고 말했다

나는 1주일을 한데 모아
1년에게 먼저 도착했으나
좇아올 지구 생각에
또다시 여행을 떠나야만 했다

－「쉼표 있는,」 전반부

지구는 자전을 한다. 하루에 한 바퀴 돈다고 할 수 있다. 태양을 중심으로 하여 그 주위를 공전하면서 한편으로는 자전하니까 밤과 낮이 있는 것이다. 화자는 "하루가 모자라서/ 하루하루를 빌려 쓴"다고 한다. 또한 "1주일을 한데 모아/ 1년에게 먼저 도착했다"고 한다. 흡사 타임머신을 타고 과거로, 미래로 여행하는 공상과학소설의 몇 장면을 보는 것 같다. 허버트 조지 웰스(1866~1945)가 쓴 소설 「타임머신」을 보면 기계를 작동시켜 과거로의 여행과 미래로의 여행을 하는 인물이 나온다. 아인슈타인의 일반상대성이론에 배치되는 상상이라고 하지만 이 소설 출간 이후 수많은 소설과 영화가 시간 여행이 가능하다는 것을 전제로 하여 만들어지고 있다. 그런데 이 시에서 화자가 여행을 떠나는 이유가 참 희한하다. 1년 먼저 어디엔가 '도착'했다고 하는 것은 결국 1년 후의 세계로 날아간 것이 아닐까. 그런데 이런 내가 "좇아올 지구 생각에/ 또다시 여행을 떠나야만 했다"고 한다. 지구와 화자가 경주를 하고 있는 것인가? 지구의 자전과 공전에는 쉼표가 없다. 시간도 가다가 멈추었다가 가는 것이 아니다. 그냥 계속 째깍째깍 앞으로만 간다. 날짜변경선을 넘어가는 바람에 어제 날짜로 돌아가는 경우도 있기는 하지만 그렇다고 해서 시간 자체가 뒤로 돌아가는 것은 아니다.

앞장 설 생각에
쉼표 없는 여행은 갈수록
목적지를 혼란스럽게 만들었다

이따금 뒤도 돌아보며
느낌표라도 아니면 물음표라도
찍어봐야 했었는데
길이만 늘린 여행의 끝은
무늬 없는 자서전일 뿐

나는 시간을 빌려
사글세 살듯 흐지부지한
어리석은 나그네였음을
이제야 알게 되었다

지구에게 부끄러워
마침표를 망설이는
나
이제
쉼표 있는
여행을 꿈꿀 뿐

- 「쉼표 있는,」 후반부

  인간이 시계추처럼 살 수는 없다. 우리는 하던 일을 잠시
멈추고 쉬어가면서 살아야 한다. 그런데 화자는 쉼표 있는
여유로운 삶을 살아보지 못했다. 1년을 저축해두기 위해 얼
마나 노력했던 것일까. 보통의 샐러리맨은 여름이 되어야 1

주일 휴가를 받을 수 있고 평소에는 달력에 빨간 색으로 표시된 날에 쉰다. 1주일을 한데 모아 1년을 먼저 도착했으니 52주를 비축해둔 것이다. 그런데 이런 자신을 지금은 자책하고 있다. "길이만 늘린 여행의 끝"은 "무늬 없는 자서전일 뿐"이라고 하면서. "시간을 빌려/ 사글세 살 듯 흐지부지한/ 어리석은 나그네였음을/ 이제야 알게 되었다"고 후회하기도 한다. 이제 비로소 쉼표 있는 여행을 꿈꾸고 있다고 자백하는데, 이 "쉼표 있는 여행"이란 바로 시 쓰기가 아닐까.

우리는 '여행' 하면 비행기 티켓을 끊어 해외로 가야지만 여행을 하는 거라고 생각하지만 '미지의 세계로 가는 것'을 여행으로 간주한다면 시 쓰기야말로 쉼표 있는 여행이라고 여겨진다. 게다가 시인은 오랫동안 공직에 재직하고 있다가 이제 비로소 한직이라고 할 수 있는 철도 건널목 지킴이가 되었으니 시를 쓸 여유를 갖게 되었을 것이다. 그런 자기 자신에 대한 소회와 과거에 대한 총정리, 앞으로의 인생에 대한 설계 등을 해볼 각오를 다졌기에 이 시의 부제를 '서시'라고 붙였다고 생각한다. 나 이제부터는 쉼표 있는 삶을 살리라, 쉼표를 찍어가며 살리라는 각오를 하면서 쓴 시가 바로 시집의 제일 앞머리를 장식한 「쉼표 있는,」이다. 그 다음 쉼표를 보자. 제2부의 첫 번째 시인 「시간의 길」로 바로 간다.

시간을 되돌려 그리로 가요
한참을 가다 보면

나 같지 않은 나의 멈춰 있는
시간이 나올 거예요

훤히 들여다보이는 생각
투명한 머리로 지내온
시간들만이 가득한 곳으로

어느 날 강변에서
이마에 주름도 못 편 채
잘 여문 명아주 하나 꺾어 짚고
시간을 지나간 적이 있을 거예요

지팡이 마디마다
좋아하는 시구詩句를 새겨가며
추억 속으로 역주행하던

그러다보면 거기 어디쯤
시간에 붙잡혀 있는 사연들이
줄 서서 기다리고 있을지
누가 알아요?

너무나 반가운 나머지
설렁설렁 지나치더라도

서운타는 말은 말아줘요

- 「시간의 길」 전반부

이 시에서는 "추억 속으로(의) 역주행", 즉 화자가 직접 시
간 여행을 하고 있다. 과거로의 여행이다. 대체로 우리는 과
거를 회상하면서 '후회'를 하게 된다. 그때 그렇게 했더라면
좋았을 텐데, 그렇게 하지 말아야 했는데 하면서 후회한다.
과거라는 시간대에 이 시의 화자는 무척 성실하게 산 듯하
다. 그래서 후회나 반성을 하지는 않는다. 명아주로 만든
"지팡이 마디마다/ 좋아하는 시구를 새겨가며" 했던 역주행
이었기에 아쉽지 않은 것이다. 김유 시인은 김영한이라는 이
름으로 살았을 때는 시인 지망생이었을 것이다. 시집 독자였
을 것이다. 시를 감상하고 습작하며 보낸 세월이었기에, 게다
가 한 집안의 가장으로서 열심히 살았던 세월이었기에 후회
하며 가슴을 쓸어내릴 필요는 없다.

모두가 지금의 내가 아니라도
한때는 나의 참모습이었기에
잠깐 본 것만으로도
우리의 추억은 살아나지 않겠어요?

실은 나는 지금
추억의 길가에 혹시라도

지금의 나와 비슷한

지팡이가 나와 있을까 해서

두리번거리고 있는 중이에요

늦었지만

잘 다듬은 세월을

공손하게 건네고픈 마음이

오래 전부터 있었거든요

헤어진 뒤의 일을

지팡이에 삼삼하게 적어놓았으니

두고두고 살펴주세요

그럼

언제일지 모를

다시 만날 때까지

- 「시간의 길」 후반부

　화자는 주변사람들에게, 그리고 독자에게 부탁한다. 과거에 만났던 나를 '나'로 인정해달라고. 그대의 추억 속에 등장하는 나는 그때 참된 나였다고. 시간이 많이 지났지만 그때의 나와 지금의 내가 다른 사람이 아니라고, 시간이 나를 그다지 많이 변화시킨 것 같지는 않다고 말한다. 문제는 미래다. 그대와 내가 지금 오랜만에 만나 회포를 풀었고 그것을 지팡이에 새겨놓았으니 훗날 그 기록을 살펴보라고 당부한다.

김유 시인의 시간 인식은 이렇듯, 다소 색다르다. 각각의 시간대의 '나', 실존적인 인물로서의 '내'가 중요하다는 말을 하고 있다. 우리가 과거를 부정하는 말을 종종 하는 데 반해 김유 시인은 '과거'라는 시간대의 의미 또한 소중하게 생각한다. 시인은 특이하게도 현재와 미래만 중요한 것이 아니라 과거도 중요하다고 인식하고 있는 것이다. 시어에 시간이 들어간 시를 몇 편 더 보면서 시인의 시간의식을 좀 더 살펴보도록 하자.

캄캄했던 세상이 제 색깔을 찾으려나?

뿌연 하늘이 파르스름하게 열리고
웅크렸던 실버들이 금빛 연두를 뿜어대자
물감이 풀리듯 뭍과 물이 희미하니
배경으로 밀려나고 있다

나직하니 온, 봄의 입김을 거절하지 못하면
서둘러 나갈 수밖에 없어
밖이 궁금한 새싹들이
새침하게 나서 보았지만

번번이 시샘들에게 짓눌려 있는 시간

한때 세상을 걸어 잠그고
눈을 부라리던 얼음도
쪼아대는 봄의 부리에
밑 빠진 독이 되어 가는데
달랑 얼음 한 쪽으로 미적거리는
알량한 겨울 꼬랑지

—「잔빙殘氷」 전문

'잔빙'이 해설자가 갖고 있는 국어사전에는 나오지 않는
다. 녹고 있는 얼음이나 녹다 남은 얼음이라고 생각하면 될
듯하다. 봄이 오면 겨우내 얼어 있던 개울물이 녹기 시작한
다. "밖이 궁금한 새싹들이/ 새침하게 나서 보았지만/ 번번
이 시샘들에게 짓눌려 있는 시간"이다. 春來不似春(봄이 왔
으나 봄 같지 않구나)이다. 이 시에서 주목해야 될 부분은
"달랑 얼음 한 쪽으로 미적거리는/ 알량한 겨울 꼬랑지"다.
봄을 예찬하는 시는 많고 많지만 겨울의 끝자락에 있는 잔
빙을 노래한 시는 흔치 않다. 시인은 이와 같이 매 순간, 각
각의 존재에 대한 값어치를 인정하는 시간관을 갖고 있다.
우리는 지나간 시간대의 가치를 인정하지 않는 경향이 있
다. 낡은 것, 뻔한 것, 흔한 것의 가치를 인정하고 싶은 마음
이 시인에게 펜을 들게 한 것이리라. 우리는 '잔'이라는 접두

사를 좋지 않게 생각하는 경향이 있다. 잔반, 잔챙이, 잔소리, 잔당, 잔꾀, 잔해, 잔재……. 이렇게 좋지 않은 이미지를 지닌 '잔'의 가치를 인정해주고 싶은 마음, 바로 김유 시인의 마음이다. 이번 시집에서 해설자가 개인적으로 가장 좋아하는 시를 제시한다.

세상을 살다보면
얼떨결에 가뿐해질 때가 있지

일을 보러 가다가
일을 하다가
일을 보고 오다가

'다가'라는 잠깐에
다음에 '꼭!' 하던 꼭이 생각나면
나는 '맞아!' 하며
일을 내고야 말았었지

그런데 세상을 사는 맛은
'다가'보다 '김에'에
더 있는 거 같지 않아?

'다가' 이전에는

구름 낀 하늘 같다

'김에' 뒤에는

잠깐 볕 든 느낌 같은 거

-「김에」 전반부

　'뭐뭐 하다가 뭐뭐 한다'와 '뭐뭐 하는 김에 뭐뭐 한다'의
차이를 생각하게끔 하는 시다. 엉뚱한 생각을 잠시 해본다.
낮에는 생업에 열심히 임하다가 밤에는 시를 쓴다. 회사 일
을 보고 오다가 시집을 산다. 시를 읽는 김에 써보기도 한
다. 이왕 시를 써본 김에 투고도 해본다. 어감상 '김에'보다
는 '다가'를 더 행운의 상황으로 생각하는 경향이 있지만 시
인은 반대로, "'다가' 이전에는/ 구름 낀 하늘"같고 "'김에'
뒤에는/ 잠깐 볕 든 느낌" 같다고 보았다. '다가'는 단일 사건
이 일어나고 있는 거기서 시간이 멈춘 느낌이라면, '김에'서
는 단일 사건 위에 또 다른 일이 긍정적으로 겹치는 느낌을
받지 않았을까. 시인은 이렇게 우리 말 쓰임에서도 "더 있는
거 같"은 풍요로움을 찾아보고 있다.

그래서 나는

세상을 살아가다

살아가는 김에

어떤 일 낼 궁리를 하는

내친 김에 묻어가고픈

그런 생각을 할 때가 있어

그렇지만 목표를 눈앞에 두고
순서가 뒤바뀌어
혼쭐난 시간도 꽤 있었지

홧김에 대출 받았다
깡통주택으로 혼났던 그런 거 말이야

그러니까, '다가'와 '김에' 사이에는
보이지 않는 깊은 수렁이 있다는 걸 알고

누가 뭐래도
'…하다가' 다음에 '…하는 김에'로
순리대로 살아가야 해

— 「김에」 후반부

　이 시는 전체가 역설이다. 무엇을 하다가 무엇을 하는 것
을 좋다고 하지 않고 무엇을 하는 김에 무엇을 하는 것을
더 좋다고 하니까. 이유가 있다. 화자는 목표를 눈앞에 두고
순서가 뒤바뀌어 혼쭐이 난 경험을 했던 것이다. "홧김에 대
출 받았다/ 깡통주택으로 혼났던 그런 거"는 우리가 살아가
면서 한 번쯤은 경험하는 것이 아닐까. 그래서 '액땜'이라는

말도 생겨났을 터. 이런 경험을 통해 화자가 깨달은 것은 순리대로 살아가는 것이다. 목표에만 열중하여 순서를 역행하면 오히려 큰 봉변을 당하거나 손실을 입게 된다. 시간에 대한 명상 중에 나온 시를 한 편 더 감상한다.

불가마에 들어
인고의 시간을 채운 다음
세상을 아름답게 살아왔지만
어느새 뿌옇게 시들어가며
뒤를 돌아보는 탄생들

탄생이 소멸이고
소멸이 탄생인 황토는
나의 영원한 뿌리라는 것

흙 없이 어찌
내가 있을 수 있을까
다시 돌아간다면
포근한 한 줌 흙으로
살아날 수 있을까?

종이배 같은 터번을 쓰고
시간의 강을 건너가는

토우 한 점

-「토우」 3~6연

도자기도 그러하지만 토우도 흙을 구워 빚은 것이다. 토
우는 그릇이 아니라 사람 모양이다. 꾸미지 않은, 생긴 그대
로의. 그런데 흙이 토우가 되려면 사람이 손으로 빚어야 하
고 불에 구워야 한다. 시간이 필요한 것이다. 인고의 시간이.
황토는 탄생이 소멸이고 소멸이 탄생이라고 했다. 흙으로부
터 토우가 왔지만 토우는 언젠가 흙으로 돌아간다. 우리 인
간도 그렇지 않은가. 모체에서 10개월을 태아로 있다가 세
상에 나와 저 혼자 사는 세상인 것인 양 제 잘난 맛에 살아
가지만 때가 되면 자연으로 돌아간다. 화장을 하든지 매장
을 하든지 간에 물질로 분해되어 자연의 일부가 된다. 사람
의 수명이란 일정한 시간이 만든 형체 없는 그릇인지도 모
르겠다. 생몰년. 단명하든 장수하든. 청자라서 장수하고 토
우라서 단명하는가? 그건 알 수 없다. 우리 각자 자신의 수
명을 안다면? 끔찍한 일이다. 토우 한 점처럼 우리도 종이배
같은 터번을 쓰고 시간의 강을 건너고 있을 따름이다. 피라
미드나 파르테논 신전 같은 고대의 건축물을 보아도 소름이
돋지만 발굴된 미라를 봐도 머리가 쭈뼛 선다. 장구한 시간
을 지탱한 것들을 보면서 나 자신의 흔적을 미리 점쳐보게
되기 때문이다. 알 수 없는 시간에, 누가 나의 마지막을 지
켜봐줄지 모르는 때에 영영 사라질 나란 존재. 시인은 시간

에 대해 다음과 같이 생각해보기도 한다.

> 음양이 만나
> 처음 가꾸었던 원조 연력
>
> 1에서 12뿐인 세상에
> 춘하추동 꽃물이 들고
> 우수 경칩… 소한 대한 절기마다
> 손끝 아린 열병을 앓으면서
> 아쉽지만 흩어지게 되었지
>
> 1에서 30을 울타리로
> 제법 달력이라고 만들어 썼지만
> 날이 갈수록
> 그날이 그날인 느낌에
> 59까지 분 단위로 늘려
> 더 새록새록 살게 되었지
>
> 재깍재깍 초침이
> 1분을 만드는 동안
> 소멸과 생성을 반복하는
> 수많은 생명들
>
> — 「1에서 59까지」 앞 4연

60초가 모여 1분이 되고, 30일이 모여 한 달이 되고, 열두 달이 모여 1년이 되는 것을 누가 모르랴. 그런데 매순간 생명체는 태어나고 죽는다. 우리 각자도 어느 시점에 태어나 '사주팔자'를 갖게 되겠지만, 어느 순간 마침표를 찍는다. 우주적 시간의 개념에서 보면 100년도 한 순간이다. 인간이 아무리 오래 산들 100년이고 100년을 살면 노후는 연명에 지나지 않는다.

삶이 죽음이요
죽음이 곧 삶인 시간의 덮개
그 속속들이 우리 몸에는
느리지도 빠르지도
적지도 많지도 않은
1에서 59가
딱 맞지 않나요?

마시고 나면
가슴이 두근거리다 뻥 뚫리는
사이다 같은
감정이 어우러진
시간만의 숫자들

벌써 나는

59에서 00으로 넘어갈 때
여유로운 듯 아쉬운 느낌
그 감정으로 살아왔지요

매년 동짓달 그믐이 까마득하다가도
얼떨결에 훌쩍 넘어가버린
연월의 마지막 경계에 선
나의 출생 비밀

저기 전자시계를 봐요
1에서 59를 가지고
깜빡깜빡 넘기는 시간이
참 스릴 있지 않나요?

어디 한눈 팔 시간 있나요

이만하면
사는 거 같지 않나요?

- 「1에서 59까지」 뒤 7연

이 시는 김유 시인 시간론의 결정판이다. 초 단위로 시간
을 쪼개어 여유를 좀 가져보려 하지만 그것이 59를 넘어서
는 순간 1분이 지나가고 만다. 그 찰나를 시인은 스릴이 있

다고 표현한다. 그러나 지나간 시간을 애틋해 해본들 아무 소용이 없다고 시인은 말한다. 화자는 지금 이 순간, 최선을 다해 살 뿐이다. "어디 한눈 팔 시간 있나요"라는 말이 의미심장하다. 우주적 시간으로 보면 너무나 미소한 초·분이 모인 몇 십 년을 살다가 죽을 것이다. 그래서 시를 쓰는 것이 아니랴. 유한자이기에 시의 생명성과 함께 시인은 영원히 살고 싶은 것이다. 몇 천 년 전 길가메시의 서사시가 지금도 생생한 언어로 살아 있듯, 세상의 모든 시는 영원한 삶을 꿈꾸는 시인의 언어일 수밖에 없다. 해설자는 이제 다음 시에 주목한다. 소중한 시간을 그 동안 잘못 대해 왔다는 자책과 새로운 각오 같은 것이 담긴 시편이다.

내 몸을 잘 구슬려
피라미드의 극점에 달했던 지난날
다시 시작점에 내려와 보니
여기가 바로
내 인생의 기준점이었네

높은 데만 바라보며
반쪽밖에 몰랐던
부끄러운 날들

나 이제

들쭉날쭉 이어진

나이테의 결을 꺼내 들고

잊었던 반내림의 날들

하나하나 거둬

아끼며 살아가야겠다

- 「잊었던 반내림의 날」 후반부

우리는 대체로 정신없이 앞만 보며 살아간다. 잘 보이지도 않는 최정상을 꿈꾸며 지금 자신의 발밑을 살피는 데는 소홀하다. 그러다 문득 돌아보면 정년퇴임이요, 늙은이가 되어 있다. 지하철을 공짜로 타면, 젊은이가 의자에서 벌떡 일어난다. 시인은 아직 오지 않은 미래를 꿈꾸며 현재를 소홀히 한 삶을 "반쪽"이라고, 그래서 부끄럽다고 말한다. 새로이 시작하는 마음으로 살아오지 못한 지난날을 후회한다. 현재 나이를 생각하면 많은 것들이 아쉽지만 어찌할 것인가. 이미 시간은 흘러가버린 것을. 그래도 해답을 얻었으니 다행이다. 탄생의 시간으로 돌아갈 수는 없다 할지라도 "잊었던 반내림의 날"을 되찾았으니 거기가 시인의 삶의 기준점이 되어준다.

서양 속담에 이런 것이 있다. "매시간 시계가 똑딱거리는 것은 지금, 지금, 지금이라고 말하는 것이다." 지금 네가 죽어가고 있음을 시계가 끊임없이 말해주고 있으므로 이 순

168

간을 최선을 다해 살라는 뜻이다. 신약성서 에베소서에도 나온다. 시대가 악하니 주어진 기회를 잘 살리라고. 세월을 아끼라고. 서양의 명언 "Time and tide wait for no man"과 주자의 명언 일촌광음불가경一寸光陰不可輕은 시간은 유수와 같이 빠르고, 가장 소중한 것이며, 사람을 기다려주지 않는다는 내용을 담고 있다.

시간에 관해 그럴듯한 말을 남긴 사람도 많다. 위대한 현자는 시간의 손실을 가장 슬퍼한다고 한 이는 단테였고, 속인은 시간을 소비할 방법을 생각하지만 지혜로운 자는 이것을 이용할 것을 생각한다고 한 이는 쇼펜하우어였다. 내가 시간을 낭비했더니 이제 와서는 시간이 나를 허비하더라는 재미있는 말을 남긴 이는 경제학자 리카도였다. 시간이란 말은 원래 산스크리트어인 'ayn'에서 나온 것으로 '생애'를 의미한다고 한다. 단테 같은 문인도, 쇼펜하우어 같은 철학자도, 리카도 같은 고전 경제학자도 한 생애를 열심히 살다가 죽어, 이름은 비록 후세에 남겼지만 지금 그들의 육신은 흙의 일부가 되어 있다. 시간의 의미를 종교적으로 규명하든 과학적으로 규명하든 철학적으로 규명하든 불변의 진리는 하나다. 그저 하염없이 미래로 나아간다는 것이다. 그렇기 때문에 유기체인 우리 인간은 한정된 생애를 살다가 죽어 그 형해形骸는 자연으로 돌아간다. 시간에 대한 명상은 허무주의로 치닫기 쉽다. 생명체는 어차피 다 죽게 마련인 것, 시간은 모든 것을 다 허물어버린다고 생각하게도 하니까. 하지만 시인은 현실주의자의 시각으로 시간을 대하고 있다. 시간을 아끼자면서 '지금-이곳'의 시간론을 편다. "돌이킬 수 없는 인생길/ 내 속을 들여다보며 가는 길이/ 외줄 타듯 아슬아슬하다"(「일탈」) 같은 시구나 "출발은 늦었지만/ 시간 머리를 이끌고/ 오늘도 빠듯한/ 항해를 펼치고 있다"(「시간 머리」) 같은 시구를 보니 김유 시인이야말로 촌각을 아끼며 살아가고 있음을 알 수 있다.

인생행로의 끝은 죽음이다. 통일제국을 이룬 진시황이 그 다음으로 원했던 것이 불로초였다. 죽지 않는 생명체는 없다. 이번 시집에서 시인은 시간론 외에도 인간 생로병사의 비의를 캐기도 하고 도회적 삶의 애환을 다루기도 한다. 아마도 현재의 삶의 터전인 도시, 그것도 철도라는 길을 관리하는 일을 하고 있기 때문일 것이다. 자연 소재의 시가 많으면서도 도시적 감수성도 길러 왔음을 알 수 있다. 「표정관리」 「도심의 사슴」 「더덕 할머니」 「유리천장」도 그렇지만 "코스닥에 눈뜨고/ 코스피로 저무는/ 뜬소문에 달아올랐던 시장이/ 새파랗게 질려 있다"(「그렇다는데」)는 구절에서처럼 자본시장의 허실을 탐색하기도 한다. 사람 사이의 정은 언제부터인가 사라지고 재화를 목숨보다 소중히 여기게 된 세태를 안타까워하기도 한다. "아침부터 발코니에서는/ 이어폰을 낀 휴대폰이 물비누에/ 연성세제까지 넣어가며/ 애들을 잘 부탁하더니 바삐 집을 나서고 있다"(「손 놓은 빨랫비누」)에서처럼 평범한 일상사에서 생의 의미를 추구하기도 한다. "어지럽던 순간이 흐르고 남은 것은/ 소소한 일상뿐" (「소원 바라기」)이라고 하면서 본인의 꿈은 여전히 좋은 시를 쓰는 것이라고 고백한다. 일본에 가서도 소망은 시를 쓰는 것, 그래서 "나도 마당에서/ 시詩의 길이 보이지 않는다고/ 향불에게 매달려 본다"고 했다.

모든 건 마음에 달렸다고
넌지시 가르침에
시의 길은 더욱
아득해지기만 했던
그런 센소지 추억

— 「소원 바라기」 마지막 연

향을 피우면서 소망한다. 시심이여 나에게 오라. 시의 신이여 나에게 오시라. 시를 써보지 않은 사람은 이 간절한 심정을 알 수 없을 것이다.

시인의 수명이 언제까지 이어질지는 그 누구도 알 수 없으리라. 하지만 하나는 알겠다. 그가 시의 생명을 위해 남은 삶을 투신하리라는 것을. 언젠가 번뜩이는 시상 하나 건지는 그날을 위해 오늘을 열심히 사는 시인의 이름, 김유다. 그는 철도 건널목을 오늘도 지키고 있다. 이렇게 시를 쓰고 싶어하면서. 시에 시간을 바치면서.

거치대에 발 묶인 자전거가

바람을 넣어야 달릴 생각을 하듯

한갓 고독이라도 절절해 봐야

언젠가 번뜩이는 시상 하나

건질 수 있다는 것이다

-「여전히 난해한」 제4연